SONHOS DE TREM

DENIS JOHNSON

Sonhos de trem

Tradução
Alexandre Barbosa de Souza

Copyright © 2012 by Denis Johnson
Publicado mediante acordo com Farrar, Straus and Giroux, LLC, New York.

Grafia atualizada segundo o Acordo Ortográfico da Língua Portuguesa de 1990, que entrou em vigor no Brasil em 2009.

Título original
Train dreams

Capa
Kiko Farkas e Adriano Guarnieri/ Máquina Estúdio

Preparação
Ciça Caropreso

Revisão
Luciana Baraldi
Mariana Zanini

Dados Internacionais de Catalogação na Publicação (CIP)
(Câmara Brasileira do Livro, SP, Brasil)

Johnson, Denis
    Sonhos de trem / Denis Johnson ; tradução Alexandre Barbosa de Souza — 1ª ed. — São Paulo : Companhia das Letras, 2012.

Título original: Train dreams
ISBN 978-85-359-2085-7

1. Ficção norte-americana I. Título.

12-03406   CDD-813

Índice para catálogo sistemático:
1. Ficção : Literatura norte-americana 813

[2012]
Todos os direitos desta edição reservados à
EDITORA SCHWARCZ S.A.
Rua Bandeira Paulista 702 cj. 32
04532-002 — São Paulo — SP
Telefone (11) 3707-3500
Fax (11) 3707-3501
www.companhiadasletras.com.br
www.blogdacompanhia.com.br

Para Cindy Lee, sempre

1.

No verão de 1917, Robert Grainier participou da tentativa de assassinato de um operário chinês flagrado roubando, ou pelo menos acusado disso, no armazém da companhia ferroviária Spokane Internacional, na estreita faixa de terra que forma o cabo da frigideira do mapa de Idaho. Três funcionários da ferrovia prenderam o ladrão e o arrastaram pela margem em direção à ponte que estavam construindo, mais de quinze metros acima do rio Moyea. Uma célere ladainha brotava caudalosamente do china. Ele se retorcia feito uma doninha dentro de um saco, golpeando para trás, com o único punho livre, o homem que o levava pelo pescoço. Quando o grupo passou por Grainier, ele, vendo que enfrentavam alguma dificuldade, ofereceu ajuda e logo se viu segurando um dos pés descalços do culpado. O homem que olhava para ele, o sr. Sears, gerente da Spokane Internacional, segurava o prisioneiro pela axila sem muita eficácia e foi o único deles, além do incompreensível china, a falar durante o trecho mais árduo da tarefa deles: "Gente, mas que maldita subida que não acaba nunca!". Vamos levá-lo assim até lá? Era a pergunta que Grainier queria ter feito, mas achou melhor guardar o fôlego para o esforço. Sears riu, o rosto pálido de fadiga e horror. Caíram todos no barro e se levantaram, caíram de novo, o china falando aquela língua incompreensível e apavorando os quatro a tal ponto que, não importa qual fosse o plano inicial, ele agora podia se considerar um homem morto. A única solução seria jogá-lo lá de cima.

Aproximaram-se dos outros, um grupo de uns doze homens descansando ao sol, apoiados em suas ferramentas, que limparam o suor para assistir àquilo. Grainier, admirado, segurava convulsivamente o pé cascudo do china; o homem do outro pé o soltou e caiu sentado no chão, sem fôlego, e acabou levando um chute no olho, até que Grainier assumiu o controle do pé chutador. "Foi de brincadeira. Foi brincadeira", o homem sentado no chão falou, e disse a seu companheiro: "Ora, Jel Toomis, vamos deixar isso pra lá". "Eu não posso deixar pra lá", disse o tal sr. Toomis, "Eu que peguei ele pelo pescoço!", e riu com um esgar de confusão no semblante. "Bem, agora eu o peguei!", disse Grainier, apertando mais forte num abraço os dois pés daquele demônio. "Estou segurando o desgraçado, vocês é que mandam!"

O grupo de carrascos foi para o meio do último trecho terminado, dezoito metros acima da corredeira, e tentou de todas as formas atirar o china dali do alto. Mas ele os superou, agarrando-se a braços e pernas, choramingando sua algaravia, até por fim se soltar e agarrar-se ao dormente apenas com uma mão. Desprendeu-se com facilidade de seus captores, como eles mesmos, afinal, tentavam se desprender dele, e escapuliu equilibrando-se sobre o desfiladeiro, se pendurando de mão em mão sobre o rio, até o esqueleto do trecho seguinte. Um colega do sr. Toomis, equilibrado em um dormente, correu para tentar chutar os dedos do sujeito. O china foi passando de dormente em dormente feito um artista de circo e desceu por dentro da estrutura toda de traves cruzadas. Alguns operários saudaram sua fuga, enquanto outros, embora sem saber ao certo por que ele estava sendo perseguido, gritaram que era preciso pegar o bandido. O sr. Sears tirou da cartucheira presa ao cinto um grande revólver de quatro tiros de pólvora preta e disparou os quatro, mas não acertou. O china, àquela altura, já tinha sumido.

Caminhando para casa após esse incidente, Grainier andou mais de três quilômetros para passar em Meadow Creek, na loja do vilarejo da beira da estrada, e comprar uma garrafa de Salsaparrilha Hood's para sua mulher, Gladys, e a filhinha deles, Kate. Estava quente na subida pela floresta até a cabana, e antes de encarar o último estirão ele parou e tomou um banho de rio, no Moyea, num trecho fundo, rio acima, antes do vilarejo.

Era noite de sábado, e, preparando-se para ela, um grupo de funcionários da ferrovia de Meadow Creek também estava ali no poço, tomando banho de roupa, homens sentados nas pedras para se secar antes que a última luz do dia deixasse o vale. Os homens haviam posto os sapatos e as botas de lado e entravam devagar até os ombros, berrando e espirrando água. Muitos já bebiam uísque da garrafa, sentados e trêmulos depois das abluções. Aqui e ali um braço e uma mão segurando um chapéu velho ressaltavam da superfície quando alguém molhava só a cabeça. Grainier não reconheceu ninguém e ficou à parte, sozinho, de olho em suas botas e na garrafa de salsaparrilha.

No crepúsculo, a caminho de casa, Grainier via o china em toda parte. O china na estrada. O china na mata. O china de passo suave, suspenso por braços e mãos que pareciam cordas. O china que fugiu dançando, para longe do rio, feito uma aranha.

Ele deu a garrafa de Hood's a Gladys. Ela estava sentada na cama próxima ao fogão, amamentando a bebê, e sofria de eczemas. Ela bem podia ter cuidado daquilo e se lavado, preparado algumas batatas com trutas para o jantar, mas era costume deles pôr a bebê para dormir depois de uma ou duas doses do adocicado tônico Hood's, quando Gladys tinha dor de cabeça ou estava com o nariz entupido, e então ganhavam uma folga de tais tarefas. A filhinha de Grainier também parecia ter um vermelhão no rosto. Seus olhos estavam um pouco remelentos e o catarro borbulhava penso de suas narinas enquanto ela chupava e fungava no seio da mãe. Kate tinha quatro meses de vida, ainda sem um fio de cabelo. Não pareceu reconhecê-lo. Seu probleminha não era grave, desde que não virasse uma tosse.

Agora Grainier estava de pé junto à mesa do único cômodo da cabana, e preocupado. O china, ele tinha certeza, havia lançado sobre eles alguma poderosa maldição enquanto era arrastado, e algo de ruim talvez pudesse resultar daquilo. Apesar de agora estar perplexo com todo o alvoroço da tarde, desorientado com a violência, com o modo como se deixara levar por ela, feito uma semente ao vento, o jovem Grainier ainda desejava que tivessem ido em frente e matado aquele china antes que ele os amaldiçoasse.

Sentou-se na beira da cama.

"Obrigada, Bob", disse a esposa.

"Você gostou da sua salsaparrilha?"

"Gostei sim, Bob."

"Você acha que a pequena Kate sente o gosto no seu peito?"

"Claro que sente."

Muitas noites eles ouviram o trem da Spokane Internacional rumo ao norte, de passagem por Meadow Creek, três quilômetros vale abaixo. Esta noite o apito distante o acordou, e ele se viu sozinho na cama de palha.

Gladys estava acordada com Kate, sentada no banco junto ao fogão, raspando aveia cozida da borda da panela e deixando a bebê chupar o mingau da ponta de seu dedo.

"Quanto você acha que ela já entende, Gladys? O mesmo que uma cachorrinha, você calcula?"

"Um filhote consegue sobreviver sozinho depois que é desmamado da cadela", disse Gladys.

Ele esperou que ela explicasse o que tinha querido dizer com aquilo. Ela sempre estava adiantada em relação a ele.

"Uma criança não conseguiria fazer isso", ela disse, "simplesmente ir embora e viver depois de desmamada. Um cachorro sabe mais do que um bebê, até a hora que o bebê aprende as palavras. Mas não só algumas palavras. Porque um cachorro criado em casa também sabe algumas palavras — tanto quanto um bebê."

"Que palavras, Gladys?"

"Você sabe", ela disse, "as palavras dos truques e das coisas que você manda ele fazer."

"Diga então algumas, Glad." Estava escuro e ele queria continuar ouvindo a voz dela.

"Bom... pega, vem, senta, deita, rola. Das coisas que ele sabe fazer, ele sabe as palavras."

No escuro ele sentiu os olhos da filha virados para ele como os de um animal encurralado. Eram apenas seus pensamentos pregando-lhe peças, mas sentiu um frio dominando sua espinha. Ele estremeceu e puxou a colcha até o pescoço.

Durante toda a sua vida, Robert Grainier se lembraria desse exato momento nessa noite em particular.

2.

Quarenta e um dias depois, Grainier estava com os funcionários da ferrovia e assistiu à primeira locomotiva atravessar o vão livre de trinta e quatro metros sobre os dezoito metros de altura do desfiladeiro, viajando em cima da ponte que eles haviam construído. O sr. Sears estava ao lado da máquina, uma única locomotiva, e ergueu seu revólver de quatro tiros para anunciar o lançamento. Ao som do disparo, o maquinista levantou o freio e saiu da geringonça, e os homens gritaram quando ela avançou devagar sobre os trilhos e atravessou o Moyea até o outro lado, onde um segundo homem esperava para subir a bordo e freá-la antes que descarrilasse. Os homens saudaram e berraram. Grainier ficou triste. Não conseguia imaginar por quê. Ele também saudou e berrou. A estrutura seria batizada de Ponte do Corte das Onze Milhas, pois eliminara a longa curva que contornava o desfiladeiro, atravessando por uma passagem adjacente, e evitaria que a Spokane Internacional tivesse de arcar com trilhos e balastro nos quase dezoito quilômetros daquele trecho.

A experiência de Grainier no Corte das Onze Milhas deixou-o ávido por outras empreitadas grandiosas, nas quais multidões de homens acabavam com um trecho da floresta e montavam estruturas grandes como não sei o quê, tricotando vastos andaimes de madeira no vazio dos abismos intransponíveis, sempre maiores, mais longos, mais profundos. Em 1920, ele foi para o noroeste de Washington ajudar na reforma da ponte do Desfiladeiro Robinson, a maior da época. Os artífices de tais projetos haviam conseguido abarcar um espaço de sessenta e três metros de altura e duzentos e quarenta e cinco de extensão com uma ferrovia capaz de suportar uma locomotiva e dois vagões cheios de toras. A ponte do Desfiladeiro Robinson tinha então quase trinta anos de uso, instável e aterrorizante — ninguém conduzia os carros durante a travessia, nem mesmo o maquinista. O guarda-freios subia do outro lado.

Encerrada a reforma, Grainier subiu ainda mais floresta adentro com a Companhia Simpson e foi trabalhar na extração de madeira. Um sistema de estradas curtas de madeira cobria a região. Os trilhos serviam apenas para transportar as toras para fora da floresta; era o trabalho daqueles quarenta e poucos homens, aos quais Grainier se juntara para trazer as toras, em grupos de seis cavalos, até os cabos que as conduziam ao nível dos trilhos.

Na plataforma, ficava uma gigantesca locomotiva que o capitão dizia ser uma mula, um aparato com dois tremendos tambores de ferro, um que soltava o cabo e outro que o enrolava de volta, arrastando as toras até o aterro da ferrovia e enviando o gancho simultaneamente para a corrente, que enlaçava a tora seguinte. A locomotiva era uma velha maria-fumaça a lenha que apitava, resfolegava e gemia, enquanto seus vapores rugiam feito uma cachoeira, os cavalos sobre o calçamento movendo-se gigantescamente numa espécie de silêncio, o ruído deles apagado pela agitação do vapor e do maquinário. Dali as toras seguiam para os vagões abertos de carga e depois atravessavam a maravilhosa profundidade do Desfiladeiro Robinson, descendo a montanha até a conexão que as levaria para todas as ferrovias do continente americano.

Nesse ínterim, Robert Grainier havia feito trinta e cinco anos. Sentia saudade de Gladys e Kate, sua Menina e sua Menininha, mas vivera solteiro por trinta e dois anos até encontrar uma esposa, e facilmente se acostumara à constante solidão em meio aos incontáveis abetos.

Grainier fazia o trabalho de laçador não na plataforma, mas na floresta, onde os serradores atuavam em duplas para derrubar os abetos, os lenhadores usavam machados para limpá-los e os falquejadores os cortavam em troncos de cinco metros e meio antes que os laçadores os envolvessem com o cabo para serem rebocados pelos cavalos. Grainier adorava o trabalho, o esforço, a exaustão intensa, o descanso profundo no fim do dia. Ele gostava do tamanho grandioso das coisas na mata, da sensação de estar perdido e distante, e da ideia de que ali, com tantas árvores como sentinelas, nenhum perigo poderia encontrá-lo. Mas segundo Arn Peeples, um dos colegas, hoje um velho, antes um insignificante serrador, as próprias árvores eram assassinas, e embora um bom serrador pudesse prever noventa e nove vezes como seria a queda, e mesmo conseguindo, com cortes perfeitos e cunhas, fazer uma gigante de cinquenta toneladas girar para cima na encosta e cair para trás com todo jeito feito uma agulha, a centésima vez poderia esmagar a cabeça dele e deixá-lo morto como uma pedra. Simples assim. Arn Peeples disse que um dia viu uma tora de cinco toneladas saltar para o alto com um solavanco, sair voando do vagão de carga e cair sobre seis cavalos, matando os seis. Só quando você deixava uma árvore em paz ela podia tratá-lo como um amigo. Depois que a lâmina se cravava, você havia começado uma guerra.

Descontando alguma outra coisa que podia perturbá-los, a equipe, que às vezes chegava a mais de quarenta e nunca tinha menos de trinta e cinco homens, pelejava com a mata do nascer do sol até a hora do jantar, derrubando e falquejando o abeto gigante em pedaços de tamanhos manejáveis, realizando suas tarefas que, Grainier às vezes pensava, podiam equivaler às pirâmides, alterando a face das montanhas, pouco falando, berrando seus recados, vivendo com a sensação viscosa de piche na barba, suor lavando o pó de suas ceroulas compridas e se acumulando nas dobras do pescoço e nas juntas, um cheiro tão espesso de piche que pegava na garganta, ardia nos olhos e chegava a suplantar o fedor dos animais e do estrume. Ao fim do dia, a equipe dormia praticamente no lugar em que caía. Poucos preferiam cabanas. A maioria dormia em barracas: eram artefatos antigos muito remendados com aniagem, na maioria dos casos; mas as lonas eram originalmente das barracas da infantaria da Guerra Civil, provindas do lado da União, segundo Arn Peeples. Ele mostrou manchas de sangue no tecido. Algumas daquelas barracas tinham abrigado a cavalaria americana nas campanhas dos índios, servindo assim durante mais tempo, certamente, do que qualquer outra coisa ali, segundo as contas de Arn Peeples.

"Deixem-me só com essa machadinha, rapazes", ele gostava de dizer. "Quando eu começo a cortar, vocês vão chegar de manhã e não vai mais ter nenhum pedacinho de ontem..."

"Eu nasci para cortar no verão", disse Arn Peeples. "Vocês, mateiros de Minnesota, ainda reclamam. Eu só começo a funcionar bem quando está quase trinta e oito graus. Trabalhei num pico perto de Bisbee, no Arizona, que ficava a menos de vinte quilômetros do sol. Dava quarenta e sete graus no termômetro, e cada grau desses tinha uns trinta centímetros. Isso na sombra. E lá não tinha sombra." Ele chamava todos os colegas de "mateiro de Minnesota". Até onde se sabia, nunca alguém ali havia sequer passado por Minnesota.

Arn Peeples tinha vindo do sudoeste e dizia ter conhecido e falado com os irmãos Earp em Tombstone; ele descrevia os famosos homens da lei como "uma ralé de malucos". Tinha trabalhado nas minas do Arizona na juventude, depois percorrera o país como serrador durante décadas, e agora era um vagabundo caduco e encurvado, sempre resmungando, fugindo do pesado, o homem mais velho daquelas matas.

Sua verdadeira utilidade era apenas eventual. Quando um túnel precisava ser escavado, ele servia como carregador de explosivos, colocando as cargas e sumia blasfemando cada vez mais fundo num penhasco até sair do outro lado, com os homens limpando a sujeira de cima dele depois de cada explosão. Era um sujeito supersticioso e fazia tudo exatamente da mesma forma que fizera nas Montanhas Mule do sul do Arizona, nas minas de cobre.

"Eu vi o senhor John Jacob Warren perder toda a sua fortuna. Bêbado, apostou que corria mais que um cavalo." Isso talvez fosse verdade. Arn Peeples não era de mentir, pelo menos não alegava conhecer muitas pessoas famosas, além dos Earp, e, de qualquer forma, ninguém lá em cima jamais tinha ouvido falar de nenhum John Jacob Warren. "Apostou que corria mais que um garanhão de três anos! Ficou parado na rua balançando para a frente e para trás com os olhos virados, aquele bêbado, quero dizer, o homem mais rico do Arizona!, e saiu correndo atrás do rabo do garanhão e olhando sem parar para ele. Apostou a mina Rainha do Cobre inteira. E acabou perdendo! É claro que hoje em dia ele já perdeu até as calças, e não pode mais se dar ao luxo de uma boa aposta."

Às vezes Pepples colocava uma carga, virava o pino para desligar e não ganhava nada por isso. Então uma tensão e um silêncio generalizados dominavam a mata. Homens trabalhando a quase um quilômetro dali de alguma forma entendiam que estavam diante de uma bomba gorada, e todo o serviço era interrompido. Peeples esvaziava os bolsos de todos os seus pertences — um relógio de latão, um pente de lata, e um palito de dentes prateado —, deixava em cima de um toco e avançava na escuridão de seu túnel sem nem olhar para trás. Quando ele saía depois de virar seus pinos novamente e a dinamite explodir com estrondo, os homens saudavam e uma nuvem de poeira saía do túnel e chovia rocha pulverizada em todo mundo.

Parecia certo que Arn Peeples deixaria o mundo num sopro de fumaça com um estrondo monstruoso, mas ele acabou morrendo de modo bem diferente, atingido na parte de trás da cabeça por um galho morto de um lariço altíssimo — espécie de revés do chamado "fazedor de viúva", justamente tendo em vista esse tipo de desgraça. O golpe deixou-o atordoado, mas logo ele já estava de volta e parecia bem, só reclamando que a coluna ficara com uns "nós no meio das juntas" e "tenho que andar assim, torto". Desde então, passou a ter dessas tonturas, foi ficando mais avoado e esquecido no decorrer dos dias, domingo inteiro passou deitado com calafrios e febre, e na segunda-feira de manhã foi encontrado morto na cama, com as cobertas puxadas até o queixo e "uma tal expressão de conforto", nas palavras do capitão, "que parecia melhor nem incomodar e simplesmente enterrá-lo numa sepultura bem maior do jeito que estava, com cama e tudo". Arn Peeples tinha dito que uma árvore de pé podia ser um amigo, mas foi uma árvore assim que causara sua morte.

O melhor amigo de Arn, Billy, também já velho, mas costumeiramente mudo, juntou algumas palavras à beira da sepultura: "Arn Peeples nunca enganou ninguém", disse. "Nunca roubou, nem mesmo um doce quando era pequeno, um garotinho, e viveu até ficar bem velho. Acho que fica aí, para todos nós, a lição de que se formos corretos, vamos todos viver bastante. Em nome de Jesus, amém". Os outros disseram: "Amém". "Eu queria poder nos dar o dia de folga", disse o capitão. "Mas não sou eu, é a companhia e a guerra." A guerra na Europa havia gerado uma grande demanda de abetos. Um armistício já havia sido assinado dezoito meses antes, mas o capitão acreditava ser algo temporário, até que as batalhas fossem retomadas e um dos lados massacrasse o outro, até o último homem.

Naquela noite, os homens discutiram as qualidades e os defeitos de Arn e repassaram em detalhes suas últimas horas. A contusão no cérebro teria de fato feito estragos, ou teria sido a febre que começara subitamente? No delírio ele berrara um palavrório louco — "retas reverendas rochosas!", ele havia gritado; "pioneiro mateiro grude de cadeia! Cuidado! Cuidado!" —, evocara espíritos de seu passado e dissera que havia recebido a visita da irmã e do marido dela, embora ambos, Billy disse ter certeza, estivessem mortos fazia muitos anos.

O trabalho de Billy era manter a locomotiva de dois tambores sempre hidratada e lubrificada e verificar se os cabos não estavam gastos. Era um serviço fácil, serviço de velho. Quem engraxava de verdade a máquina era um menino de doze anos, Harold, filho do capitão, que ia na frente com um balde, antes que as equipes com os cavalos chegassem, e besuntava as toras com óleo de tubarão, passando entre os dormentes com um esfregão de estopa para mantê-las escorregadias. Certa manhã, uma quarta-feira, dois dias depois da morte e do enterro de Arn Peeples, o mesmo Harold sentiu tontura e caiu no meio do serviço, e os cavalos empinaram e quase derrubaram a carga, ao tentar não atropelá-lo. O menino foi salvo de morrer esmagado graças à afortunada presença de Grainier, que estava ali por acaso, esperando para atravessar, e tirou o garoto do caminho, rebocando-o pela perna da calça. O capitão passou a tarde inteira cuidando do filho, molhando sua testa com água fresca. A juventude era febril e louca, e tinha sido essa a doença que o fizera prostrar-se na frente daqueles grandes animais.

Na mesma noite, o velho Billy também sentiu calafrios e ficou arfando de um lado para o outro em seu catre, sem parar de se agitar, até bem depois da meia-noite. Com exceção dos comentários no enterro do amigo, Billy provavelmente só tinha deixado escapar duas ou três palavras durante todo o tempo que os homens o conheciam, mas agora ele não deixou os mais próximos dormirem, e aqueles que dormiam mais longe no acampamento mais tarde disseram que o ouviram no meio do sonho, sempre dizendo o próprio nome — "Quem é? Quem está aí?", ele dizia. "Billy? Billy? É você, Billy?"

A febre de Harold amainou, mas não a de Billy. O capitão agia como um homem assombrado, perambulando pelo acampamento e importunando os homens, sempre que possível escolhendo alguém para cutucar, forçar as pálpebras abertas com o polegar e abrir e inspecionar a mandíbula, como um comprador de gado. "Vamos encerrar por este verão", ele disse aos homens na sexta-feira à noite, quando faziam fila para o jantar. Ele havia calculado o pagamento de cada um deles — Grainier havia mandado dinheiro para casa durante todo o verão e ainda tinha quatrocentos dólares para receber.

No domingo à noite, eles encerraram os trabalhos, as últimas toras desceram a montanha e mais seis homens apareceram com calafrios. Na segunda-feira cedo, o capitão deu a cada trabalhador um bônus de quatro dólares e disse: "Vão embora daqui, rapazes". A essa altura, Billy também já havia melhorado da crise de sua doença. Mas o capitão disse que estava com receio de uma epidemia de gripe como a de 1897. Ele próprio havia ficado órfão na ocasião, sua família inteira de treze filhos morta na mesma semana. Grainier teve pena do chefe. O capitão sempre fora um líder forte e justo, um homem de meia-idade e olhos azuis que pouco trocava com outras pessoas além do filho, Harold, e que jamais contara a ninguém que tinha crescido sem família.

Esse foi o primeiro verão de Grainier na mata, e o Desfiladeiro Robinson foi o primeiro transposto pelas muitas pontes ferroviárias em que ele trabalhou. Anos depois, várias décadas depois, na verdade em 1962 ou 1963, ele observava uns jovens metalúrgicos que trabalhavam na estrutura da ponte onde a U. S. Highway 2 cruzava o trecho mais profundo do desfiladeiro do rio Moyea, tão comprido e fundo quanto o Robinson. A velha rodovia fazia um longo desvio para atravessar um trecho mais raso; a nova pista cruzava bem no meio do abismo, centenas de metros acima do rio. Grainier estava impressionado com os rapazes que batiam nos capacetes uns dos outros e os derrubavam lá de cima sobre uma rede de segurança, dez ou doze metros abaixo, e depois pulavam atrás do capacete, saltando como loucos na rede, escalando de volta pelos cabos até a passarela de madeira. Ele também havia sido um belo de um chimpanzé sobre as vigas-mestras, mas agora mal conseguia subir em um toco sem sentir um certo enjoo. Enquanto os observava, ocorreu-lhe que tinha vivido já oitenta anos e havia visto o mundo dar muitas voltas.

Alguns anos antes, em meados dos anos 1950, Grainier pagara dez centavos para assistir ao Homem Mais Gordo do Mundo, que ficava deitado em um divã dentro de um trailer que o levava de cidade em cidade. Para colocar o Homem Mais Gordo do Mundo nesse divã, era preciso remover o teto do trailer e depositar o homem lá dentro com um guindaste. Ele pesava então mais de quatrocentos e cinquenta quilos. Ficava ali recostado, imenso e suando em bica, com um bigode, um cavanhaque e um brinco de ouro de pirata, usando uma bermuda dourada e nada mais, sua carne se espalhando para todos os lados de uma ponta a outra do divã e derramando-se, pensa, para o chão como uma cachoeira represada, enquanto para fora dessa grande massa de si mesmo brotavam cabeça, braços e pernas. As pessoas faziam fila para ficar na porta aberta e olhar para dentro. A todos ele pedia que comprassem uma foto dele, de uma pilha junto à janela, por dez centavos.

Mais tarde em sua longa existência, Grainier confundiu a cronologia do passado e chegou a ter certeza de que o dia em que vira o Homem Mais Gordo do Mundo — aquela noite — fora o mesmo dia em que estava na Fourth Street de Troy, em Montana, quarenta e poucos quilômetros a leste da ponte, e vira o trem que levava o estranho e jovem artista do interior Elvis Presley. O trem particular de Presley havia parado por algum motivo, talvez para consertar, ali naquela cidadezinha que não tinha sequer estação própria. O famoso rapaz havia aparecido na janela por instantes e erguera a mão para acenar, mas Grainier saíra da barbearia do outro lado da rua tarde demais para ver. Foi o que lhe contaram as pessoas da cidade ali paradas depois que o sol se pôs na rua, ao lado do grande baixo que era o motor a diesel em marcha lenta, falando muito baixinho quando abriam a boca, contemplando o mistério e o esplendor de um menino tão grandioso e solitário.

Grainier também tinha visto um cavalo amestrado e um menino-lobo, e voara com um biplano em 1927. Havia começado sua história numa viagem de trem da qual não se lembrava, e terminara parado do lado de fora de um trem onde estava Elvis Presley.

3.

Quando criança, Grainier tinha ido sozinho para Idaho. De onde precisamente ele partira, não sabia, pois sua prima mais velha dizia uma coisa e o segundo primo mais velho dizia outra, e ele mesmo não conseguia se lembrar. O segundo primo mais velho dizia ainda que ele nem primo era coisa nenhuma, enquanto a primeira dizia que sim, que eram primos — a mãe deles, que Grainier achava que era também sua mãe, tanto quanto deles, na verdade era sua tia, irmã de seu pai. Os três primos concordavam que Grainier tinha vindo de trem. Como ele havia perdido os pais originais? Isso ninguém jamais lhe contou.

Quando desembarcou na cidade de Fry, em Idaho, ele tinha seis — ou possivelmente sete — anos, uma vez que havia decorrido muito tempo desde seu último aniversário e talvez ele tivesse esquecido a data, e não saberia dizer, de todo modo, o dia exato. Até onde conseguira apurar, ele havia nascido em algum momento em 1886, ou em Utah ou no Canadá, e fora ao encontro dessa nova família pela Grande Ferrovia do Norte, cujo edifício ficara pronto em 1892. Ele chegara depois de vários dias no trem com seu destino escrito no verso de uma nota fiscal pregada no peito. Comera toda sua comida no primeiro dia de viagem, mas os maquinistas o alimentaram ao longo do caminho. Toda aquela aventura o fizera esquecer inteiramente a primeira parte de sua vida. A prima mais velha dizia que ele tinha vindo do nordeste do Canadá e que só falava francês quando chegou e eles tiveram que arrancar dele o francês para abrir espaço para a língua inglesa. Os dois outros primos, ambos meninos, diziam que ele era um mórmon de Utah. Jamais lhe ocorrera perguntar à tia e ao tio, em tão tenra idade, quem ele era afinal. Na idade em que lhe ocorreu perguntar, já tinham se passado muitos anos e havia muito que ambos, tio e tia, estavam mortos.

 Sua primeira lembrança era de estar parado ao lado do tio Robert Grainier, o Primeiro, chegando ao máximo no cotovelo daquele homem que cheirava a fumaça e que ele logo passou a chamar de Pai, na rua barrenta de Fry, de onde se via o rio Kootenai, observando a deportação em massa de mais de cem famílias chinesas da cidade. No fim da rua, no pátio de manobras da Companhia Madeireira Bonner, homens com machados, pistolas e espingardas nas mãos estavam parados quase sem dizer nada enquanto aquelas pessoas estranhas se aboletavam nos três vagões abertos, tagarelando feito pássaros e conduzindo as crianças para junto delas, longe da beira dos vagões abertos. Os homens miúdos e de rostos achatados ficaram fora dos três grupos, sentados com os joelhos para cima e as mãos cruzadas sobre as pernas, enquanto o trem deixava Fry e se dirigia a algum lugar que só ocorreria a Grainier se perguntar qual seria décadas mais tarde, quando já era adulto e chegara muito perto de matar um china — desejara mesmo matá-lo. Muitos deles tinham vindo parar, menos de cinquenta quilômetros a oeste dali, em Montana, entre as cidades de Troy e Libby, num lugarejo junto ao rio Kootenai que viria a se chamar Vale da China. Na época em que

Grainier trabalhou com pontes, a comunidade já se havia dispersado, e apenas poucos deles moravam aqui e ali na região, e ninguém mais os temia.

O rio Kootenai também inundou Fry. Grainier tinha lembranças esparsas de uma semana em que a água extravasou as margens e inundou a parte baixa de Fry. Algumas construções mais frágeis foram carregadas pela enxurrada e se despedaçaram na correnteza. O correio foi arrancado e levado embora, e Grainier lembrava de ter sido erguido por alguém, talvez o pai, e, por sobre as cabeças de uma grande multidão de cidadãos, ver o edifício inteiro passar boiando na enchente. Mais tarde alguns canadenses encontraram o correio encalhado na várzea a uns cento e sessenta quilômetros rio abaixo na Colúmbia Britânica.

Robert e sua nova família moravam na cidade. A duas portas de casa, um careca, sempre de guarda-pó azul, sempre sem chapéu — um gordo com mãos muito pequenas e fortes —, tinha um negócio de consertar botas. Às vezes quando ele não estava lá, o pequeno Robert e um dos primos gostavam de entrar e roubar um bom tanto de cera de abelha do pote que ele deixava na bancada. O sapateiro passava a cera na linha, quando costurava couro duro, mas as crianças chupavam aquilo feito doce.

O sapateiro, por sua vez, mascava tabaco como muita gente fazia. Um dia ele pegou as três crianças do vizinho passando por sua porta. "Olha só", disse. Inclinou-se para eles, expectorou e escarrou dentro de um jarro ao pé de sua mesa de trabalho. Pegou o vidro e chacoalhou aqueles quatro dedos de cuspe turvo. "Crianças, querem provar um pouquinho?"

Eles não responderam.

"Vamos, só um golinho!, se vocês acham gostoso", disse.

Eles não responderam.

Ele despejou o líquido horrendo no pote de cera de abelha, misturou tudo com o dedo, esticou o dedo na cara deles e berrou:

"Podem se servir à vontade!". Ele deu muita risada. Balançou na cadeira, limpando os dedos minúsculos no avental de brim. Um lampejo de frustração brilhou em seus olhos quando se virou e notou que não havia ninguém ali para quem contar sua proeza.

Em 1899, as cidades de Fry e Eatonville foram unificadas sob o nome de Bonners Ferry. Grainier aprendeu a ler e a contar na escola de Bonners Ferry. Nunca foi aplicado, mas aprendeu a decifrar as palavras na página escrita, e isso o ajudou a seguir em frente na vida. Na adolescência, morou com a prima mais velha, Suzanne, e sua família após ela se casar, o que ocorreu depois que morreram os pais deles, a tia Helen e o tio Robert Grainier.

Largou a escola no começo da adolescência e, sem pais para importuná-lo, virou um desocupado. Pescando sozinho no Kootenai certa feita, a cerca de um quilômetro da cidade, rio acima, encontrou um andarilho, um "vagabundo", como eram conhecidos, entocado entre bétulas num acampamento mal-ajambrado, cuidando da perna ferida. "Sobe aqui. Por favor, jovem mateiro", disse o vagabundo. "Por favor, por favor! Estou com o joelho estourado e queria que você soubesse de uma coisa."

O jovem Robert, pego em sua linhada, deixou a vara de lado. Subiu a ribanceira e parou a três metros do homem, que estava recostado em uma árvore com as pernas esticadas para a frente, descalço, a perna esquerda sobre um estrado de galhos de árvore. Seus sapatos velhos, largados um de cada lado. Estava barbado e sujo de terra e tinha lascas de árvore grudadas no corpo todo. "O que você vê agora é um homem assassinado", ele disse.

"Nem vou pedir um gole d'água", disse o homem. "Estou seco feito uma sola de bota, mas vou morrer, de modo que não vou pedir nenhum favor." Robert estava paralisado. Tinha a impressão de um buraco de boca se mexendo numa pilha de folhas, trapos e cabelos castanhos desbotados. "Só tenho uma ou duas coisas que precisam ser ditas, ou elas irão comigo para debaixo da terra...

"Certo", ele disse. "Esse mateiro que chamam de Orelhudo Al cortou o meu joelho por trás. E devo dizer que sei que com isso ele me matou. Essa era a primeira coisa. Agora conte o seguinte ao xerife, filho. William Coswell Haley, de St. Louis, Missouri, foi roubado, cortaram-lhe a perna e foi assassinado pelo vagabundo que chamam de Orelhudo Al. Ele levou meu rolo de catorze dólares enquanto eu dormia e cortou os ligamentos aqui do meu joelho para que eu não fosse atrás dele. Minha perna está fedendo", disse, "porque já estou aqui sentado há tanto tempo que ela começou a apodrecer. Você sabe o que isso significa. Que essa podridão vai subir até os meus olhos e me matar. Até eu virar um cadáver e começar a ver coisas. Pensar os pensamentos das coisas. Então lá pelo quarto dia estarei bem morto. Depois já não sei o que acontece com a gente — se ainda temos nosso pensamento lá embaixo, ou se voamos para o Céu, ou somos levados até o Diabo. Mas eis o que eu tinha para dizer, por desencargo:

"Eu sou William Coswell Haley, tenho quarenta e dois anos. Fui um bom homem, trabalhador e de futuro, em St. Louis, Missouri, até pouco mais de quatro anos atrás. Nessa época, minha sobrinha Susan Haley fez doze anos, e eu, como morava na casa do meu irmão, comecei a me aproximar dela na cama à noite. Eu não conseguia dormir — foi assim que aconteceu, meu coração não parava de acelerar e disparar —, até que saí da minha cama, me enfiei no quarto da menina, me aproximei da cama dela e simplesmente fiquei ali parado, quieto. Bem, ela não acordou. Nem quando uma noite eu mexi nas cobertas. Outra noite toquei seu rosto e ela não acordou, peguei seu pé e ela nem se mexeu. Outra noite puxei as cobertas, e ela parecia morta. Toquei-a, tirei tudo, fiz cada mínima coisa que eu queria fazer. Fiz tudo. E ela não acordou.

"E assim continuei fazendo. Noite após noite. De tudo. Ela não acordava.

"Bem, um dia cheguei em casa, eu trabalhava na fábrica de velas, que era um serviço fácil quando um mateiro não tinha nada melhor para fazer. Muita mulher trabalhando lá, eles contratavam praticamente qualquer um. Quando eu cheguei em casa, minha cunhada, Alice Haley, estava sentada no gramado naquele dia úmido de inverno, sentada na grama molhada. Simplesmente ali prostrada. Aos prantos, feito um bebê.

"'O que houve, Alice?'

"'Meu marido bateu na nossa filhinha. Susan! Meu marido bateu nela! Com um pedaço de pau!'

"'Santo Deus, èla se machucou?', falei, 'ou só ficou sentida?'

"'Sentida? Sentida?', ela berrou para mim. 'A minha filhinha está morta!'

"Nem entrei em casa. Deixei para trás tudo o que eu tinha e fui andando até a ferrovia, subi num vagão e, desde então, nunca mais me afastei além de cem metros desses trilhos. Conheci o país inteiro. O Canadá também. Nunca além de cem metros desses trilhos e dormentes.

"A garotinha Susan estava grávida, foi o que a mãe me contou. E o pai bateu nela para tirar a criança da barriga da filha. Bateu nela até matar."

Durante alguns minutos o moribundo parou de falar. Tomou fôlego, pôs as mãos no chão e pareceu querer mudar de posição, mas não tinha forças. Parecia não conseguir mais uma quantidade decente de ar nos pulmões, ofegante e sibilante. "Acho que agora vou aceitar aquele gole d'água." Ele fechou os olhos e parou de ofegar. Quando Robert se aproximou dele, certo de que o homem tinha morrido, William Haley falou sem sequer abrir os olhos: "Traz um pouco dentro desse sapato velho".

4.

O menino nunca contou a ninguém sobre William Coswell Haley. Nem ao xerife nem à prima Suzanne, nem a mais ninguém. Trouxe um pouco de água na velha bota do sujeito e deixou William Haley morrer sozinho. Foi a mais covarde e egoísta das omissões que poderiam contar contra ele em seus primeiros anos de vida. Mas talvez o incidente o tenha afetado de um modo que jamais se poderia perceber perfeitamente, pois Robert Grainier se recompôs e trabalhou o resto de sua juventude como parte da mão de obra local, empregando-se na ferrovia ou nas famílias dos donos da região, os Eaton, os Fry, ou os Bonner, encontrando serviço sempre que precisou, pois não bebia nem fazia nada inadequado e era conhecido como um sujeito estável.

Fez serviços gerais na região até os trinta — um homem de quem se poderia dizer, mas nunca ninguém disse nada, ter poucos interesses. Aos trinta e um, ainda rachava lenha, carregava caminhões, trabalhando como mais um entre tantos outros nas frentes, contratado pelos mais empreendedores para serviços temporários aqui e ali.

Então ele conheceu Gladys Olding. Um dos primos, mais tarde ele não se lembraria mais a qual deles agradecer, levou-o à igreja dos metodistas, e lá estava ela, uma garotinha do outro lado do corredor, bem a seu lado, cantando suavemente durante os hinos com uma voz que ele conseguia distinguir com facilidade das demais. Depois do serviço religioso, junto à mesa de limonada e bolo, ali mesmo no pátio ela se apresentou como quem não quer nada, com um sorriso franco, como se as garotas fizessem aquilo a toda hora, e talvez fizessem — Robert Grainier não sabia, pois Robert Grainier também não se envolvia com garotas. Gladys aparentava ser muito mais velha do que sua idade, havendo crescido numa casa, conforme ela lhe explicou, no meio de um pasto ensolarado, onde passara muito tempo exposta à luz do verão. Suas mãos eram ásperas como as de um homem de cinquenta anos.

Viam-se frequentemente e, dada a natureza da amizade dos dois, Grainier era obrigado a encontrá-la quase sempre na missa de domingo dos metodistas e nos grupos de oração das noites de quarta-feira. No auge do verão, Grainier levou-a pela estrada do rio para mostrar o acre que ele havia comprado no alto de um pequeno penhasco acima do Moyea. Comprara-o do jovem Glenwood Fry, que queria comprar um automóvel e acabara conseguindo depois de vender vários lotes de terra a outros rapazes. Ele disse a ela que pretendia fazer hortas ali. O melhor lugar para uma cabana ficava depois de um caminho onde havia um outeiro que ele facilmente conseguiria nivelar removendo as pedras que formavam a elevação do terreno. Podia limpar uma grande área cortando toras para uma cabana ali, e arrancar os cepos não era tão urgente, pois a princípio plantaria em torno das raízes. Oitocentos metros de trilha levavam através de uma mata cerrada até uma campina aberta alguns anos antes por Willis Grossling, já falecido. A filha de Grossling dissera que Grainier podia deixar alguns animais pastarem ali, contanto que não viesse com um rebanho inteiro. De todo modo, ele só queria algumas ovelhas e cabras. Talvez uma vaca leiteira. Grainier explicou tudo isso a Gladys sem explicar por que estava explicando. Ele esperava que ela adivinhasse. Achava que ela já devia saber, pois viera ao passeio com o mesmo vestido que usava para ir à igreja.

Isso foi num dia quente de junho. Haviam pedido emprestada a carroça do pai de Gladys e levaram duas cestas de piquenique. Caminharam até a campina de Grossling e ali penetraram através das margaridas que lhes chegavam até os joelhos. Estenderam um cobertor sobre a relva e deitaram juntos. Grainier considerava o pasto um belo lugar. Alguém devia fazer uma pintura, ele disse a Gladys. Ranúnculos oscilavam na brisa e as pétalas das margaridas tremulavam. E, no entanto, mais ao longe, por sobre o campo, pareciam estáticos.

Gladys disse: "Num momento como este, é como se eu pudesse entender praticamente tudo o que existe". Grainier sabia como ela levava a sério sua igreja e sua Bíblia, e achou que ela estivesse se referindo a algo desse domínio de coisas.

"Bem, agora você viu do que eu gosto", disse.

"É, eu vi", ela disse.

"E eu estou olhando para o que eu gosto muito, muito mesmo", ele disse, e beijou seus lábios.

"Oh", ela disse. "Você apertou os meus lábios nos dentes."

"Você se arrependeu?"

"Não. De novo. Mas com calma."

O primeiro beijo mergulhou-o num buraco e o fez sair em outro mundo, com o qual ele achou que poderia bem se acostumar — como se até então estivesse se esforçando na direção errada e agora tivesse sido virado para o sentido da corrente. Passaram a tarde inteira em meio às margaridas se beijando. Ele se sentia glorioso e mais cheio de sangue do que supunha poder conter dentro de si.

Quando o sol esquentou demais, mudaram para baixo de um pinheiro solitário no pasto de capim, ele com as costas apoiadas no tronco e ela com o rosto apoiado no ombro dele. As margaridas brancas pairavam sobre o campo tão profusamente que pareciam espuma. Agora ele queria pedir a mão dela. Tinha medo de pedir. Ela devia querer que ele pedisse, do contrário seguramente não se deitaria ali com ele, respirando em seu braço, o rosto dele encostado em seus cabelos — cabelos com um resquício de fragrância de suor e sabão... "Você gostaria de ser minha esposa, Gladys?" Ele ficou estupefato consigo mesmo ao dizer isso.

"Sim, Bob, acho que eu gostaria", ela disse, e prendeu a respiração pelo que pareceu ser um minuto; então ele suspirou e os dois deram risada.

Quando, no verão de 1920, ele voltou do serviço no Desfiladeiro Robinson com quatrocentos dólares no bolso, no vagão dos passageiros até Coeur d'Alene, em Idaho, e depois no vagão de carga até o cabo da frigideira do mapa do estado, um incêndio consumia o vale do Moyea. Ele atravessou a fumaça espessa da floresta, entrou em Bonners Ferry e encontrou a pequena cidade tomada por moradores da região ribeirinha que haviam perdido suas casas.

Grainier procurou pela mulher e pela filha em meio às pessoas abrigadas na cidade. Muitos ali não tinham mais nada a fazer senão seguir em frente, destituídos de tudo. Ninguém soube dar notícias de sua família.

Procurou em meio à multidão de umas cento e tantas pessoas acampadas no terreno da feira entre mirradas coleções do que restara de seus pertences materiais, objetos quaisquer, bonecas, espelhos, rédeas, tudo encharcado. Eram coisas que haviam boiado pelo rio, atravessado o meio do incêndio e saído ao sul do outro lado do foco.

O trem para o norte da Spokane Internacional estava parado em Bonners e não sairia dali enquanto o fogo não fosse controlado e uma boa chuva não ensopasse toda a região. Grainier caminhou mais de trinta quilômetros pela estrada do rio Moyea em direção a sua casa com um lenço amarrado sobre o nariz e a boca para deter a fumaça, parando para umedecê-lo a todo instante no rio, passando através de uma neve prateada de cinzas. Ali nada mais ardia. O fogo viera do leste do rio, não muito acima do centro de Meadow Creek, e rumara para o norte, atravessando o rio por uma garganta estreita, incendiando seus abetos paquidérmicos, que foram tombando, e por fim acabara devorando todo o vale. Meadow Creek estava deserta. Ele parou na plataforma do trem e ali bebeu água do barril e rapidamente seguiu sem descansar. Logo estava passando por uma floresta carbonizada, lanças gigantescas que poucos dias antes eram coníferas. O mundo era cinza, branco, preto e amargo, sem nenhum animal ou planta vivo, ele já não ardia, no entanto ainda estava quente, avivado pelo fogo. Tanta cinza, tanta fumaça sufocante — estava claro para ele, quilômetros antes de chegar em casa, que não devia haver sobrado nada lá, mas ele foi assim mesmo, chorando pela mulher e pela filha, chamando "Kate! Gladys!" sem parar. Saiu da estrada para entrar na propriedade dos Andersen, a primeira na saída de Meadow Creek. A princípio não soube dizer nem onde ficava a cabana. O terreno estava como o restante do vale, queimado e silencioso, exceto pelo coro ciciante dos últimos resquícios da combustão. Encontrou o fogão no meio de um monte de cinzas, onde seus pés de ferro haviam entortado por causa do calor. Algumas pedras maiores da chaminé jaziam espalhadas por ali. As cinzas haviam soterrado todo o resto.

Quanto mais para o norte ele caminhava, mais alto se ouvia o crepitar das toras e o sibilar das chamas, até que ao seu redor todas as árvores carbonizadas desprendiam fumaça. Deu a volta numa cerca, ouviu o rumor do incêndio e viu fogo ainda quase um quilômetro adiante, como uma cortina vermelha e negra descida do céu noturno. Mesmo daquela distância, o calor o deteve. Caiu de joelhos sobre as cinzas quentes que viera atravessando a muito custo, e chorou.

Dez dias depois, quando a Spokane Internacional já voltara a funcionar, Grainier tomou o trem até Creston, na Colúmbia Britânica, e na tarde do mesmo dia retornou para o sul através do vale que um dia fora seu lar. As labaredas haviam crestado as bordas dos dois lados do vale e se apagado a meio caminho encosta abaixo do outro lado das montanhas, segundo os sinais a que Grainier prestara muita atenção. O fogo havia eviscerado o vale em toda a sua extensão como uma fogueira dentro de uma trincheira. Por toda a vida, Robert Grainier se lembraria vividamente do vale incendiado ao anoitecer, a coisa mais onírica que já vira acordado — os tons pastel brilhantes da última luz sobre sua cabeça, algumas nuvens bem altas e brancas captando a luminosidade do dia que morria além do vale, outras caneladas, cinzentas e róseas, a mais baixa roçando os picos das montanhas Bussard e Queen; e sob aquele céu magnífico o vale negro, inteiramente imóvel, o trem passando com grande estardalhaço, mas incapaz de despertar aquele mundo morto.

As notícias em Creston foram terríveis. Nenhum refugiado do incêndio no vale do Moyea havia aparecido por lá.

Grainier ficou várias semanas na casa do primo, imprestável para quase tudo, nauseado com o luto natural e confuso com a situação. Ele entendia que havia perdido a esposa e a filhinha, mas às vezes era atormentado pela ideia, sem dúvida uma tormenta em seus pensamentos, um exército irresistível, de que Gladys e Kate tinham conseguido escapar do fogo e de que ele devia procurá-las em cada canto do mundo até encontrá-las. Toda noite era acordado por pesadelos: Gladys saía da paisagem negra e aparecia no quintal de casa, vestida de trapos fumegantes e levando a filha, não encontrava nada lá e ficava ali parada chorando entre os escombros.

Em setembro, passados trinta dias do incêndio, Grainier alugou uma parelha de cavalos e uma carroça e partiu pela estrada do rio, levando um monte de mantimentos, com intenção de ficar em seu acre e esperar o inverno inteiro pela volta da família. Houve quem dissesse que se tratava de um plano impensado, mas a experiência teve o efeito de fazê-lo cair em si. Assim que chegou à ruína, sentiu a tristeza de seu coração enegrecer e se purificar, como se fosse de fato um pedaço de alguma coisa na qual ardiam todos os seus pensamentos loucos e esperançosos. A carroça trilhou uma camada tão grossa de cinzas em alguns trechos da estrada, que o leito parecia estar coberto pela neve do inverno. Apenas os animais mais velozes e alados puderam escapar ao incêndio voraz.

Depois de viajar quilômetros através dos escombros, mal conseguindo respirar em meio às exalações, ele desistiu, fez meia-volta e resolveu retornar à cidade.

Não muito depois do início do outono, executivos da Spokane construíram um hotel no pequeno acampamento da ferrovia em Meadow Creek. Na primavera, algumas famílias flageladas haviam retornado, para recomeçar a vida no vale do Moyea. Grainier não tinha pensado em tentar também, mas em maio acampou nas margens do rio, pescando trutas pintadas e apanhando o raro e saborosíssimo cogumelo que os canadenses chamavam de *morel* e que só crescia em terrenos crestados pelo fogo. Seguindo para o norte durante vários dias, Grainier se viu à distância de um grito de seu antigo lar e subiu a ribanceira que ele e Gladys costumavam atravessar no caminho de ida e volta da água. Maravilhou-se com a quantidade de botões e flores que já haviam brotado daquele morticínio generalizado.

Subiu até o local da cabana e não encontrou nem sinal, nenhum vestígio de sua vida anterior, apenas um trecho de terreno escuro cercado de torrões de abetos carbonizados. A cabana virara cinza, tão completamente incinerada que as cinzas se haviam mesclado à camada do solo e depois sido cobertas pela neve, lavadas e dissolvidas pelo degelo.

Encontrou o fogão a lenha emborcado e com os pés recurvos como as patas de um besouro. Endireitou-o e forçou a portinhola. As dobradiças se quebraram e a portinhola saiu na sua mão. Dentro havia um pedaço de bétula, ligeiramente carbonizado. "Gladys!", ele disse em voz alta. Tudo o que ele amara era agora cinza à sua volta, mas ali estava uma coisa que ela havia tocado e segurado nas mãos.

Cutucou a lama seca do terreno e não encontrou praticamente mais nada que pudesse reconhecer. Arrastou os pés pelas cinzas e chutou um dos tocos carbonizados que usara na construção das paredes da cabana, mas encontrou só aquele mesmo.

Tampouco viu sinal da Bíblia deles. Se o Senhor havia falhado em proteger até mesmo o livro com sua Palavra, para Grainier isso era prova de que ali ocorrera um incêndio mais forte que Deus.

Com a chegada de junho e julho, a clareira estaria toda verde, coberta pela relva. Pinheiros teriam brotado, às dezenas, trinta centímetros acima das cinzas. Pensou em sua Kate, pobrezinha, e disse em voz alta: "Ela nem chegou a desabrochar".

Grainier pensou que devia ser provavelmente a única criatura viva naquela região estéril. Porém, de pé no terreno de seu antigo lar, falando sozinho, ouviu a resposta dos lobos nos picos distantes, estes, por sua vez, receberam resposta de outros lobos, até que todo o vale estava cantando. Havia pássaros também, talvez não em busca de alimento, mas pousando para descansar um pouco antes de cruzarem a queimada.

Gladys, ou seu espírito, estava sensivelmente perto dali. Ele foi dominado pela sensação de que havia algo ali que pertencia a ela e à bebê, às duas, e precisava ser reivindicado. Mas o quê? Achou que podiam ser os chocolates na caixa vermelha que Gladys havia comprado, chocolates em pequenas formas brancas de papel. Era um pensamento louco, mas ele não se deu ao trabalho de discutir. Uma vez por semana, ela e a pequena comiam cada uma um chocolate. De repente viu aquelas forminhas brancas espalhadas à sua volta. Quando olhou diretamente para uma qualquer, desapareceram.

Ao escurecer, deitado à beira do rio sobre um cobertor, Grainier captou algo passando rápido lá no alto, sobrevoando o rio. Olhou de novo e viu a touca branca de sua esposa Gladys passando acima de sua cabeça. Simplesmente passando.

Permaneceu acampado ali durante semanas, esperando, esperando muitas outras visões como aquela da touca e dos chocolates — quantas visões quisessem lhe aparecer; e se deu conta, à medida que enxergava coisas impossíveis naquele lugar, e gostava disso, de que podia muito bem se acostumar também com a ideia de falar sozinho. Todos os dias, muitas vezes, ele se pegava soltando um gigantesco suspiro e dizendo: "Mas que situação desgraçada!". Achou melhor se levantar e fazer coisas para não suspirar mais tanto assim.

Às vezes pensava em Kate, a pequenina, mas não sempre. A história dela fora menos triste. Ela mal havia despertado, e ainda menos vivido.

Naquele verão, ele passou à base de cogumelos *morel* secos e trutas frescas refogados na manteiga que ele comprara na loja de Meadow Creek. Depois de algum tempo, apareceu um cachorro, uma cadelinha ruiva. A cachorra ficou com ele, e ele parou de falar sozinho, pois sentiu vergonha do animal. Comprou uma lona encerada e um pouco de corda em Meadow Creek, depois comprou uma cabritinha e a levou para o acampamento, a cachorra, desconfiada da recém-chegada, acompanhando à distância. Ele fez um cercado para a cabrita perto do bivaque. Passou vários dias no córrego em vales onde o fogo não tinha sido tão feio, coletando ramos de salgueiro com os quais construiu um engradado de pouco menos de dois metros quadrados e um metro de altura. Ele e a cachorra foram andando até Meadow Creek e ele comprou quatro galinhas, e também um galo para mantê-las na linha, e levou-as para casa dentro de um saco de grãos preso ao engradado. Depois, de quando em quando soltava-as por um ou dois dias, sempre cercando para que as galinhas não pusessem ovos escondidos, não que houvesse muitos lugares secretos naquela desolação onde se pudesse esconder um ovo.

A cadelinha ruiva viveu de leite de cabra e cabeça de peixe e, Grainier supunha, de qualquer coisa que conseguisse abocanhar. Era uma boa companheira quando queria, mas costumava vagar perdida por dias a fio.

Como a terra estava descoberta demais para pastar, ele criou a cabra com a mesma ração das galinhas. O que ficou caro. Depois da primeira geada de setembro, matou a cabra e comeu quase toda a sua carne.

Depois da segunda geada da estação, passou a matar e a cozinhar as galinhas, uma por uma, ao longo de algumas semanas, até ele e a cachorra comerem todas elas, inclusive o galo. Então se mudou para Meadow Creek. Não fizera nenhuma horta nem construíra nada além de seu bivaque.

Enquanto se aprontava para a partida, discutia o futuro com a cachorra. "Não sou o tipo que tem cachorro na cidade", disse ao animal. "Mas você está me parecendo velha, e acho que uma cadela velha não vai conseguir sobreviver ao inverno nessas colinas sozinha." Disse-lhe que pagaria mais um níquel para levá-la de trem até Bonners Ferry. Mas isso não deve tê-la agradado muito. No dia em que ele recolheu seus parcos pertences para descer até a plataforma em Meadow Creek, a cachorrinha ruiva não estava mais lá, e ele partiu sem ela.

O breve período de trabalho do ano anterior no Desfiladeiro Robinson rendera-lhe dinheiro o bastante para passar o inverno em Bonners Ferry, mas a fim de fazer o dinheiro durar Grainier trabalhou por vinte centavos a hora para um sujeito chamado Williams, que tinha um contrato com a ferrovia Great Northern de fornecimento de mil cordas de lenha a dois dólares e setenta e cinco cada. Os constantes esforços diuturnos mantinham Grainier e mais sete outros homens aquecidos durante os dias, mesmo depois que o inverno se revelou o mais frio dos últimos anos. Congelado, o rio Kootenai ficou tão duro que um dia eles viram, do terreno onde chegavam os vagões trazendo toras de bétulas e lariços para serem serrados ao meio, uma boiada de umas duzentas cabeças atravessar o gelo. O gado cruzou a superfície lisa e branca e desapareceu com estrondo em meio à neblina nevada, que a princípio fez sumir a boiada, depois dominou o mundo inteiro ao norte da margem do rio e por fim subiu tão alto que escondeu o sol e o céu.

Mais tarde naquele março, Grainier voltou à sua terra no vale do Moyea, desta vez trazendo uma carroça cheia de mantimentos.

Os animais haviam voltado ao que restara da mata. Quando Grainier vinha na carroça puxada por uma égua cor de areia, bandos de borboletas cor de laranja revoaram das pilhas vermelho-escuras de excrementos que sinalizavam a presença de ursos e pairaram esvoaçantes, magicamente, como folhas sem árvore. Naqueles dias, mais ursos do que pessoas atravessavam aquele barreiro, deixando rastros por toda a trilha; mais tarde, no verão, eles viriam comer das touceiras de bagas que ele já notara renascendo nas encostas enegrecidas.

No local de seu antigo acampamento junto ao rio, ele armou seu bivaque e foi cortar cerca de cinquenta abetos queimados, nenhum deles mais grosso que a copa de seu chapéu, segundo a teoria reconhecida por todos de que um homem trabalhando sozinho era capaz de lidar com uma viga da mesma espessura da circunferência de sua cabeça. Com a égua alugada, arrastou as toras até a clareira, depois precisou devolver o animal ao estábulo em Bonners Ferry e tomar o trem de volta a Meadow Creek.

Poucos dias depois, quando voltou ao antigo lar — agora seu novo lar —, reparou no que seus afazeres o haviam impedido de ver: a primavera estava no auge, ensolarado e belo, o vale do Moyea verdejava em contraste com as sombras da queimada. O terreno estava se curando. Epilóbios e pinheiros já passavam da altura do joelho. Uma neblina amarelo-mostarda de pólen de pinheiro esvoaçava por sobre o vale quando o vento soprava. Se ele não tivesse arrancado essa nova safra, sua clareira teria sido tomada pela mata outra vez.

Construiu sua cabana com cerca de cinco metros e meio de cada lado, traçando linhas, preparando uma fundação de pedras numa vala funda até o joelho, para passar abaixo da linha de congelamento, marcando e entalhando as toras a fim de mantê-las uma bem rente à outra, fazendo cunhas, sustentando as mais altas nas costas para erguê-las até a posição. No prazo de um mês, ele havia erguido quatro paredes de dois metros e meio de altura. As janelas e o telhado, deixou para depois, quando conseguisse algumas tábuas fresadas. Jogou a lona por sobre a face leste para proteger da chuva. Não precisara descascar a madeira, pois o fogo fizera isso por ele. Tinha ouvido dizer que árvores mortas por incêndio duravam mais, porém a cabana fedia. Queimou pilhas de agulhas de pinheiro no meio do chão de terra batida, tentando modificar aquele tipo de odor, e depois de algum tempo sentiu que havia conseguido.

No começo de junho a cachorra ruiva apareceu, passou a dormir num canto e pariu uma cria de quatro filhotes que pareciam lobos.

No armazém em Meadow Creek, ele comentou o fato com um índio kootenai chamado Bob. Kootenai Bob era um sujeito pacato que sempre disse não ao álcool e pegava muitos serviços na cidade, como Grainier também pegava, e eles já se conheciam fazia muitos anos. Kootenai Bob disse que se as crias tinham saído lobo, aquilo era muito esquisito. Segundo os kootenais, só um casal da alcateia dava cria, pois só um lobo acasalava — o chefe da tribo dos lobos. E a loba que ele escolhia para levar seus filhotes era a única fêmea do bando que entrava no cio. "Por isso", disse Bob, "é que eu digo que a sua cachorra perdida não pode ter tido uma ninhada de lobos." Mas e se ela houvesse encontrado o bando de lobos justamente no momento em que ela estivesse entrando no cio, foi o que Grainier quis saber. Será que o rei lobo não teria montado nela pela novidade da experiência? "Aí talvez, quem sabe?", disse Bob. "Pode ser. Talvez você tenha mesmo arranjado uns cachorros de lobo. Pode ser que você tenha criado o seu próprio bando, Robert."

Três filhotes foram embora imediatamente depois que a cachorrinha os desmamou, mas um deles, um macho desengonçado, ficou por ali, tolerado pela mãe. Grainier teve certeza de que aquele cachorro era filho de lobo, mas ele nunca sequer gania em resposta, quando os bandos de lobo ao longe, alguns bem distantes, nas montanhas Selkirkis, da Colúmbia Britânica, uivavam ao anoitecer. A criatura precisava que lhe ensinassem sua natureza, pensou Grainier. Certa tarde, ele se agachou ao lado do bicho e uivou. O filhotinho sentou-se em cima do rabo com uma língua minúscula e cor-de-rosa estupidamente apontando para fora da boca fechada. "Você não está agindo de acordo com a sua natureza, que é uivar quando os outros uivam", disse ao mestiço. Ele também se endireitou e uivou longa e dolentemente sobre o desfiladeiro e sobre o rio baixo e tranquilo que mal se podia ver àquela hora tão próxima da noite... E o filhote mudo. No entanto, muitas vezes desde então, quando Grainier ouvia os lobos no fim do dia, jogava a cabeça para trás e uivava a plenos pulmões, pois aquilo lhe fazia bem. Aquilo o esvaziava de algo pesado que tendia a se acumular em seu coração, e depois dessa programação vespertina com seu coral de lobos da Colúmbia Britânica ele se sentia leve e aquecido como se fosse flutuar.

Ele tentou comentar esse novo fato com Kootenai Bob. "Você está uivando agora?", disse o índio. "Bom para você então. Acontece mesmo, é o que dizem. Não existe lobo que não consiga domar um homem."

O filhote sumiu antes do outono, e Grainier torceu para que ele tivesse conseguido atravessar a fronteira, indo morar com seus irmãos no Canadá, mas não pôde evitar de pensar no pior: teria virado comida de gavião ou de coiotes.

Muitos anos mais tarde — em 1930 —, Grainier esteve com Kootenai Bob justamente no dia em que o índio morreu. Naquele dia, Kootenai Bob ficou bêbado pela primeira vez na vida. Alguns peões de ranchos da Colúmbia Britânica que visitavam o outro lado da fronteira haviam conseguido fazê-lo beber *shandy*, uma mistura de limonada com cerveja. Disseram que ele podia beber aquilo à vontade, pois o suco de limão anulava o efeito da cerveja, e Kootenai Bob acreditou neles, pois os Estados Unidos estavam, então, havia uma década sob a Lei Seca, e os camaradas do Canadá, onde ainda se podia beber, eram considerados especialistas em álcool. Grainier encontrou o velho Bob sentado num banco em frente ao hotel em Meadow Creek, no final da tarde, suas pernas enlaçando um garrafão cheio de cerveja — agora já sem sinal de limonada — no qual mamava feito um vira-lata sedento. O índio estivera bebendo a tarde inteira, se urinara todo várias vezes e já não tinha forças para falar. Depois que escureceu, ele deve ter cambaleado para longe e conseguira percorrer quase dois quilômetros pelos trilhos, onde caiu inconsciente e foi atropelado por vários trens. Quatro ou cinco passaram em cima dele, até que no final da tarde seguinte a multidão de corvos chamou a atenção de alguém, que foi investigar. Então Kootenai Bob estava espalhado ao longo de uns duzentos metros da linha. Nos dias que se sucederam, seu povo foi visto esquadrinhando o terreno vazio ao lado dos trilhos, à procura de qualquer pedacinho de carne, osso ou tecido que os corvos tivessem deixado escapar, juntando-os em lindas bolsas coloridas de couro pintado, que devem ter levado para algum lugar e queimado em uma cerimônia apropriada.

5.

Quando Grainier já havia encontrado um ritmo para cada estação — verões em Washington, primavera e outono na cabana, invernos hospedado em Bonners Ferry —, começou a ver que não conseguiria viver assim para sempre. Isso depois de uns quatro anos em que ele já morava na segunda cabana. Os salários do verão eram o bastante para ele viver o resto do ano, mas ele não havia nascido para ser mateiro. Primeiro se deu conta do quanto precisava do inverno para descansar e consertar tudo por ali; depois começou a desconfiar que o inverno não era longo o suficiente para ele consertar a si mesmo. Seus joelhos doíam. Os cotovelos estalavam alto quando ele esticava os braços, e alguma coisa travava e estralava no ombro direito, quando ele se mexia de determinado modo; uma dormência generalizada de seu esqueleto entrava em ação quase todas as manhãs em um lado inteiro do corpo, e ele trabalhava feito uma locomotiva tardes adentro, mas já tinha bem mais de trinta e cinco anos, agora beirava os quarenta, e não era mesmo mais tão bom como antes dentro da mata.

Quando o mês de abril chegou em 1925, ele não foi mais para Washington. Naqueles dias havia muito serviço na cidade, não era preciso sair de lá para trabalhar. Ele achou melhor ficar perto de casa e acabou ganhando dois cavalos e uma carroça — ainda que por uma triste casualidade. A carroça era do sr. e da sra. Pinkham, que tinham uma loja na rodovia 2. Ele havia concordado em ajudar o neto deles, Henry, conhecido por Hank, um enorme rapagão no final da adolescência, no máximo vinte e poucos anos, a embarcar sacas de farinha de milho na carroça dos Pinkham; favor resultante do fato de Grainier haver ali parado brevemente para comprar parafuso para o cabo do serrote. Tinham embarcado apenas duas sacas, quando Hank soltou a terceira do ombro, no chão de terra do celeiro e disse "Hoje estou sentindo muita tontura", sentou na pilha de sacas, tirou o chapéu, tombou para o lado e morreu.

O avô saiu correndo de casa quando Grainier chamou e foi rapidamente até o menino, dizendo: "Oh. Oh. Oh". Estava boquiaberto de incompreensão. "Ele não morreu, não é?"

"Não sei, senhor. Eu não saberia dizer. Ele sentou e caiu. Acho que nem chegou a reclamar de nada", explicou Grainier.

"Vamos precisar que você vá atrás de socorro", disse o sr. Pinkham.

"Aonde devo ir?"

"Preciso buscar a velha", disse Pinkham, olhando para Grainier com expressão horrorizada. "Ela está lá dentro."

Grainier ficou com o rapaz morto, mas não olhou para ele enquanto estiveram ali sozinhos.

A velha sra. Pinkham entrou no celeiro agitando as mãos, disse "Hank? Hank?" e se agachou perto dele, segurando o rosto do neto nas mãos. "Você está vivo?"

"Ele está morto, não é?", disse o marido.

"Morreu! Ele morreu!"

"Ele está morto, Pearl."
"Ele está com Deus agora", disse a sra. Pinkham.
"Senhor, pega esse menino no colo..."
"Ele sempre teve isso!", exclamou a velha senhora.
"Ele tinha o coração fraco", explicou o sr. Pinkham. "Qualquer um via que ele tinha isso. Nós sempre soubemos."
"O coração era sua sina", disse a sra. Pinkham. "Era só olhar para ele que você via."
"Sim", concordou o sr. Pinkham.
"Ele era um doce de menino, tão bom", disse a sra. Pinkham. "E tão novo. Ainda tão novinho!" Ela se levantou contrariada, marchou do celeiro até a beira da estrada — a U. S. Highway 2 — e se plantou lá.

Grainier já tinha visto gente morta, mas nunca tinha visto ninguém morrer. Não sabia o que dizer nem o que fazer. Achou que devia ir embora, depois achou que não devia ir embora.

O sr. Pinkham pediu a Grainier um favor, ali parado sob a sombra da casa, enquanto sua mulher aguardava na frente, ao ar livre, sob uma mescla bizarra de nuvens e luz do sol, perplexa e, àquela distância, jovem como uma menina, e ainda muito bonita aos olhos de Grainier. "Você pode levá-lo até o Helmer?" Helmer cuidava do cemitério e, com a ajuda do barbeiro Smithson, costumava preparar os cadáveres para os enterros. "Vamos pôr o pobrezinho do Hank na carroça. Vamos pôr na carroça, você vai na frente e leva ele para mim, pode ser? Assim eu posso cuidar da avó dele. Ela está fora de si."

Juntos, pelejaram para embarcar na carroça o corpo pesado do rapaz morto, recorrendo após muita luta ao auxílio de duas tábuas compridas. Apoiaram as pranchas inclinadas no leito da carroça e empurraram o corpo para cima, uma, duas vezes, até que ficou bem alojado na boleia. "Oh... oh... oh... oh", exclamava o avô a cada empurrão. Quanto a Grainier, ele não tocava em outra pessoa fazia anos e, mesmo com a estranheza da situação, a experiência foi marcante e inesquecível. Ele incitou as duas éguas velhas do Pinkham, e elas levaram o jovem finado Hank Pinkham até o cemitério de Helmer.

Helmer também tinha um favor para pedir a Grainier assim que tiraram o corpo da carroça. "Se você entregar um caixão lá na cadeia em Troy e buscar uma carga de madeira para mim no pátio de manobras na rua principal e depois levar a madeira para Leona, eu lhe pago pelos dois serviços. Dois pelo preço de um. Ou, pensando melhor", disse, "um único serviço pelo preço de dois, isso sim. O que o senhor acha?"

"Por mim, tudo bem", disse Grainier.

"Eu lhe pago um níquel por quilômetro e meio de viagem."

"Eu precisaria passar no senhor Pinkham e negociar uma porcentagem com ele. Eu precisaria fazer vinte centavos por quilômetro e meio antes de começar a ver algum lucro."

"Então está certo. Dez centavos e fechamos negócio."

"Eu precisaria de um pouco mais."

"Seis dólares por tudo."

"Vou precisar de lápis e papel. Não consigo pensar em números sem lápis e papel."

O homenzinho da funerária trouxe o que ele havia pedido, e juntos concluíram que seis dólares e cinquenta seria o justo.

No resto do outono e mesmo um pouco no inverno, Grainier alugou a parelha e a carroça dos Pinkham, deixando as éguas no estábulo deles ao final de cada dia, e passou a trabalhar como transportador de cargas. A maior parte dos serviços obrigava-o a ir para leste e oeste pela rodovia 2, percorrendo as pequenas comunidades da região que quase não tinham acesso às ferrovias.

Algumas dessas expedições levavam-no ao rio Kootenai, e viajando à beira do rio sempre lhe vinha à mente a imagem de William Coswell Haley, o andarilho moribundo. Ao invés de passar, o remorso de Grainier por não ter ajudado o sujeito se tornara mais agudo com o correr dos anos. Às vezes também pensava no operário chinês da ferrovia que ele quase ajudara a matar. Tal pensamento paralisava-lhe o coração. Ele tinha certeza de que o chinês se vingara mandando uma maldição que havia incinerado Kate e Gladys. Achou o castigo grande demais.

Mas o transporte em si era o melhor trabalho que ele já fizera, um ingresso para um tipo de espetáculo, para um entretenimento composto de caprichos e empreitadas de seus vizinhos. Grainier estava se divertindo como nunca. Acertou com os Pinkham de comprar os cavalos e a carroça por trezentos dólares.

Na época em que tomou essa decisão, a região já estava com mais de trinta centímetros de neve, mas ele continuou por algumas semanas com suas cargas. O inverno lá embaixo não dava a impressão de que iria ser especialmente ruim, mas as terras altas já estavam completamente congeladas, e uma das últimas entregas de Grainier era subir a estrada do rio Yaak até a taberna da vila madeireira de Sylvanite, em cujas colinas um mineiro solitário havia se explodido dentro da cabana enquanto tentava descongelar dinamite no fogão. O homem estava deitado no balcão do bar, vivo e falante, bebendo uísque de graça e elogiando seu cão. O cachorro ter ido buscar ajuda fora sua salvação. Durante metade de um dia o bicho fizera tamanha algazarra na frente da taberna que um dos fregueses finalmente o enlaçou e o levou para casa, ali encontrando seu dono bastante estraçalhado e gritando como um maluco diante do que restara da cabana.

Muita coisa impressionante se dizia dos cachorros na região do cabo da frigideira de Idaho e em toda a extensão do rio Kootenai, histórias de resgates, truques, provas de uma superinteligência canina e de compreensão semelhante a dos humanos. Como último serviço do ano, Grainier concordou em transportar outro sujeito de Meadow Creek até Bonners, um homem que na verdade havia sido baleado pelo próprio cachorro.

O sujeito baleado pelo cão era um conhecido distante de Grainier, um fiscal da Spokane Internacional que costumava ir e vir pela região, chamado Peterson, natural da Virgínia. O chefe de Peterson e seus colegas poderiam colocá-lo no trem para a cidade na manhã seguinte se esperassem mais um pouco, mas acharam que ele poderia sucumbir antes disso, de modo que Grainier o levou até a estrada do rio Moyea enrolado em um cobertor e recostado em meia dúzia de sacos de serragem postos ali apenas para mantê-lo confortável.

"O senhor acha que precisa de mais alguma coisa?", Grainier perguntou antes de partir.

Grainier achou que Peterson havia adormecido. Ou coisa pior. Mas depois de um minuto a vítima respondeu: "Nada. Assim está perfeito".

Um longo degelo havia começado no início do mês. A neve derretera nas gretas da estrada. A terra exposta aparecia no chão da mata. Mas agora o tempo estava outra vez congelante, e Grainier esperava não chegar lá com um cadáver morto pelo frio.

Nos primeiros quilômetros, não conversou muito com o passageiro, porque Peterson tinha uma marca abaulada na testa e um olho estranho, resultado de algum infortúnio na juventude, e era duro olhar para ele.

Grainier se esforçou para olhar de relance na direção do sujeito, só para garantir que ele ainda estava vivo. Quando o sol sumiu do vale, o olho baixo de Peterson e depois seu rosto inteiro ficaram invisíveis. Se ele morresse agora, Grainier provavelmente nem perceberia até chegarem à luz dos lampiões da casa do doutor. Depois de viajarem quase uma hora sem trocar palavra, escutando apenas o ranger da carroça e o som do rio e dos cascos das éguas, tudo ficou escuro.

Grainier não gostou da sombra, das esguias silhuetas dos abetos, nem das nuvens enoveladas em torno da meia-lua ama-

rela. Tudo parecia feito para assustar a criança dentro dele. "O senhor está morto?", perguntou a Peterson.
"Quem? Eu? Nada disso, estou é vivo", disse Peterson.
"Bem, é que eu estava aqui pensando... o senhor acha que está nas últimas?"
"Você quer dizer se eu posso morrer a qualquer momento?"
"Sim, senhor", disse Grainier.
"Nada disso. Vou morrer hoje não."
"Isso é bom."
"E eu diria que, para mim, é melhor ainda."
Grainier sentiu que já haviam conversado o bastante para se permitir tocar no assunto que espicaçava sua curiosidade. "A senhora Stout, a esposa do seu chefe, lá, disse que o seu cachorro atirou no senhor."
"Bem, ela é uma dama muito distinta — pelo menos, é o que eu acho."
"Sim, tenho essa mesma impressão dela, ela é mesmo muito gentil", disse Grainier, "e ela disse que o seu cachorro atirou no senhor."
Peterson ficou calado mais um minuto. Em seguida, tossiu e falou: "Você está sentindo que o ar ficou mais quente agora? Como se o calor da semana passada tivesse voltado e agora estivesse aqui de novo?".
"Não, não estou sentindo nada disso", disse Grainier. "Só estou sentindo o calor do dia como sempre quando se chega perto desse penhasco."
Prosseguiram seu caminho sob a lua crescente.
"Que seja", disse Grainier.
Peterson não respondeu. Talvez não tivesse ouvido.
"O seu cachorro atirou mesmo no senhor?"
"Sim, atirou. Meu próprio cachorro atirou em mim com a minha arma. Ai!", Peterson disse, inclinando-se com cuidado.

"Você pode ir um pouco mais devagar com essas éguas para não sacudir tanto nas gretas?"

"Por mim, tudo bem", disse Grainier. "Mas o senhor precisa ser atendido pelo médico, ou pode acontecer alguma coisa."

"Tudo bem. Então corra como o Pony Express, se quiser."

"Não consigo imaginar um cachorro disparando uma arma."

"Bem, foi o que ele fez."

"Com um rifle?"

"Não era um canhão. Nem um revólver. Era um rifle, sim."

"Bem, isso é muito misterioso, senhor Peterson. Como foi acontecer?"

"Foi legítima defesa."

Grainier fez uma pausa. Passou-se um minuto inteiro, mas Peterson permaneceu calado.

"Para mim, chega", disse Grainier, bastante agitado. "Vou devolver essa parelha, e o senhor pode ir andando daqui, se for ficar de conversa fiada o tempo todo. Estou levando o senhor para a cidade com um buraco de bala, e faço uma pergunta simples sobre o seu cachorro que atirou no senhor, e o senhor prefere se fazer de caipira ignorante e fingir que não sabe a resposta."

"Está bem!" E Peterson riu, depois gemeu de dor por ter rido. "Meu cachorro atirou em mim em legítima defesa. Eu ia atirar nele pelo que Kootenai Bob, o índio, tinha me dito sobre ele, e ele escapou da coleira. Eu tinha amarrado ele para fazer o que eu precisava fazer." Peterson tossiu e ficou calado por alguns segundos. "Agora não estou mais desconversando! Só precisava me acostumar um pouco com a dor."

"Certo. Mas por que o senhor amarrou Kootenai Bob, e o que Kootenai Bob tinha a ver com isso afinal?"

"Não amarrei o Kootenai Bob! Eu amarrei o cachorro. Kootenai Bob não estava mais quando aconteceu o que eu estou contando. Ele apareceu antes."

"Mas por que o senhor amarrou o cachorro então?"
"Isso, o cachorro. É o que eu estou dizendo, amarrei o cachorro. O cachorro é que escapou da coleira, e eu não consegui chegar mais perto dele — ele foi recuando a cada passo que eu dava na direção dele. Ele sabia o que eu tinha em mente e o que eu decidira fazer por causa do que Kootenai Bob tinha dito sobre ele. Esse cachorro sabia das coisas — por causa do que tinha acontecido com ele, que foi o que o índio Kootenai Bob me disse sobre ele —, aquele bicho de repente passou a saber das coisas. Então eu peguei o rifle pelo cano e comecei a dar coronhadas no bicho para que ele parasse de arreliar, e bang! Caí sentado num piscar de olhos. E lá estava eu deitado, e o céu fugindo de mim, passando para o lado errado. Senhor Grainier, eu fui baleado! Bem aqui!" Peterson apontou para o curativo que ia do ombro esquerdo até o peito. "Pelo meu próprio cão!"

Peterson continuou: "Acho que ele fez isso porque tinha andado confabulando com aquela menina-lobo. Se é que ela é mesmo uma pessoa. Ou então não sei. Uma criatura é aquilo que dizemos que ela é, se é que ela foi mesmo criada. Pois existem criaturas nesta terra que não foram criadas por Deus".

"Confabulando?"

"Sim. Deixei o cachorro entrar em casa uma noite no verão passado porque ele não parava quieto e não ia embora. Eu queria que ele ficasse perto de mim, onde eu pudesse bater nele com um pedaço de pau se ele me irritasse de novo. Bem, na manhã seguinte, ele subiu pela parede e escapou pela janela, como um urso escalando uma árvore com as garras, e começou a correr para lá e para cá na varanda. Depois ficou correndo para lá e para cá no terreno, sem parar, e depois fugiu, sumiu na mata, e eu fiquei treze dias sem vê-lo. Tudo bem. Certo... Kootenai Bob parou em casa um dia, pouco depois disso. Sabe quem é? O nome dele é Bobcat, Lince de tal e tal, Lince Devorador da

Montanha, ou coisa que o valha, como esses nomes malucos de índio. Umas duas vezes a cada estação ele ia me pedir um trocado, um resto de qualquer coisa, um gole d'água. Ele disse... você já deve imaginar, ele disse que a menina-lobo tinha sido vista por ali, mostrei meu cachorro e falei que o bicho tinha sumido por treze dias e voltado meio selvagem e que mal me reconhecia. Bob olhou bem para ele, agachando e ficando bem perto, sabe, e falou: 'Maldição, é melhor você meter uma bala nesse cachorro. Estou vendo a imagem daquela menina dentro do olho dele. Esse cachorro esteve com os lobos, senhor Peterson. Sim, é melhor atirar logo nele antes que a lua cheia volte, senão ele pode chamar a menina-lobo para dentro da sua casa, e você vai virar carne para os lobos, e ela beberá o seu sangue como se fosse uísque'. Você acha que eu me apavorei? Bem, pode apostar que sim. 'Ela ficará bêbada do seu sangue e vai correr pela estrada falando com a sua voz, senhor Peterson', foi o que ele me disse. 'Falando com a sua voz, ela irá até a janela da casa das pessoas contra quem o senhor fez alguma sujeira e contará o que o senhor fez.' Bem, eu já tinha ouvido falar dessa menina. A menina-lobo tinha sido vista anos antes, liderando um bando. O primo do senhor Stout, que veio de Seattle no Natal passado, viu a menina e disse que ela tinha uma coisa sangrenta saindo do meio das pernas."

"Uma coisa sangrenta?", perguntou Grainier, sentindo terror na alma.

"Não me pergunte o que era. Só sei que era uma coisa sangrenta. Mas Bob, o mateiro índio kootenai, disse que algumas pessoas queriam acreditar que se tratava da placenta ou de alguma parte de um bebê-lobo arrancado do ventre dela. Você sabe, eles acreditam em Cristo."

"O quê? Quem?"

"Os kootenais — em Cristo, anjos, demônios e em criaturas

que não foram criadas por Deus, como essas, metade lobo. Eles acreditam praticamente em qualquer coisa bizarra, feiticeira ou religiosa que escutam falar. Os kootenais dizem que alguns animais são pessoas. 'Homem-coiote, 'homem-urso', eles falam desse jeito."

Grainier observou a escuridão sobre a estrada adiante, com medo de ver a menina-lobo. "Santo Deus", disse. "Não sei onde vou arrumar coragem para pegar esta estrada à noite."

"E você acha o quê? Eu também não consigo mais dormir à noite", disse Peterson.

"Acho que Deus vai me dar coragem."

Peterson resfolegou. "Essa menina-lobo não é uma criatura feita por Deus. Ela nasceu de uma loba e de um homem com desejos contrários à natureza. Você nunca foi com outros meninos brincar com uma vaca?"

"Como assim?"

"Quando você era menino, nunca subiu num banquinho e fez amor com uma vaca? Todo mundo fazia isso lá na minha terra. Não é uma aberração fazer desse jeito."

"O senhor está me dizendo que é possível fazer um filho numa vaca ou com uma loba? Você? Eu? Uma pessoa?"

A voz de Peterson soou chorosa de medo e paixão. "Estou dizendo que fica escuro, e a lua fica cheia, e que existem criaturas que não foram criadas por Deus." Ele emitiu um som estrangulado. "Deus!... esse buraco dói quando tusso. Mas estou contente por não precisar tentar dormir esta noite, esperando a menina-lobo e seu bando virem atrás de mim."

"Mas o senhor fez o que o índio disse? O senhor atirou no cachorro?"

"Não! Ele é que atirou em mim."

"Oh", disse Grainier. Confuso e com medo, ele havia esquecido completamente essa parte. Continuou de olho na mata, dos dois lados do caminho, mas naquela noite nenhuma cria de uniões aberrantes apareceu.

Por algum tempo, circularam rumores. O xerife interrogara algumas poucas testemunhas, que disseram ter visto a criatura e chegara à conclusão de que eram todos índios sinceros e sóbrios. Segundo o relato deles, o xerife concluiu se tratar de uma fêmea. Os nativos temiam que ela parisse mais filhotes híbridos, mais crianças-lobo, mais monstros que acabariam, logicamente, atraindo a luxúria do próprio Diabo e todo tipo de influência maléfica para a região. Os kootenais, que como se sabia eram pagãos e afeitos a práticas supersticiosas, se tornariam todos presas de Satã. Enquanto aquilo não terminasse, somente o fogo e o sangue poderiam purgar o vale...

Mas isso eram especulações malignas de mentes ociosas, e quando chegou a época das eleições os demônios da crise da moeda de prata e as terras da ferrovia capturaram toda a atenção do povo, e os mistérios das colinas do vale do Moyea foram temporariamente esquecidos.

6.

Menos de quatro anos depois de casado e já viúvo, Grainier vivia em seu bivaque junto ao rio pouco abaixo do local onde antes tivera seu lar. Mantinha a fogueira acesa o máximo que podia, noite adentro, e muitas vezes só dormia de madrugada. Tinha medo dos sonhos. No começo sonhava com Gladys e Kate. Depois só com Gladys. E, por fim, quando já havia passado alguns meses em um silêncio solitário, Grainier sonhava apenas com sua fogueira e a manutenção do fogo, como fazia até pouco antes de dormir — a silhueta de sua mão e um galho de pinheiro carbonizado até a ponta que usava como atiçador —, e se surpreendia de encontrá-la em cinzas e brasas de manhã, pois em seus sonhos ficara vendo-a queimar a noite inteira.

E depois de três anos ainda, estava morando em sua segunda cabana, precisamente onde ficava a antiga. Agora dormia pesado a noite toda e muitas vezes sonhava com trens, muitas vezes com um mesmo trem em particular: ele estava dentro do trem; sentia o cheiro da fumaça de carvão; era um mundo que passava. E então ele estava lá naquele mundo onde o som do trem ia se apagando. A tênue familiaridade daquelas cenas sugeriu-lhe que vinham de sua infância. Às vezes acordava ouvindo o som da Spokane Internacional morrendo no vale e se dava conta de que estivera ouvindo aquela locomotiva enquanto sonhava.

Justamente um desses sonhos o acordou em dezembro, em seu segundo inverno na nova cabana. O trem foi passando rumo ao norte, até ele já não poder ouvi-lo. Ser criança outra vez naquele mundo o aterrorizara e ele não conseguiu mais dormir. Fitou a escuridão da cabana. Agora já havia construído um teto melhor, colocara janelas, equipara a nova morada com dois bancos, uma mesa e uma estufa. Ele e a cachorra ruiva ainda dormiam num estrado sobre o chão, mas no geral fizera ali um lar como ele, Gladys e a pequena Kate jamais haviam desfrutado. Talvez tenha sido a própria admissão desse fato, ele agora no escuro, depois do seu pesadelo, que trouxe Gladys de volta, para visitá-lo na forma de espírito. Por vários minutos antes de ela aparecer, ele pressentiu seu movimento dentro da cabana. Detectou sua presença tão indiscutivelmente como teria percebido a silhueta de alguém bloqueando a luz junto à janela, mesmo de olhos fechados.

Colocou a mão direita sobre a cadelinha estirada ao lado dele. A cachorra não latiu nem rosnou, mas ele a sentiu se eriçar quando a visita se fez visível no ambiente, a princípio como uma trêmula iluminação, como a de uma vela derretendo, depois na forma de uma mulher. Ela cintilava, e sua luz oscilava. As sombras em volta dela tremeram. E ali estava Gladys — ninguém menos — tremeluzente e irreal, como uma imagem cinematográfica.

Gladys não falou, mas transmitiu o que estava sentindo: lamentou pela filha, que não conseguia encontrar. Sem sua bebê, não conseguia dormir com Jesus ou descansar no colo de Abraão. A filha não havia atravessado para o lado dos espíritos, mas continuava aqui no mundo dos vivos, uma criança sozinha na floresta em chamas. Mas o fogo já havia acabado, ele explicou a ela. Gladys, porém, não podia ouvir. Diante dos olhos dele, ela revivia seus últimos momentos: o incêndio chegando, e ela só teve um minuto para pegar os poucos pertences e a bebê e sair da cabana enquanto o fogo ardia lá embaixo. Das coisas que apanhou, nenhuma parecia ter muito valor, e ela acabou jogando fora roupas e outros pertences conforme o calor a impelia em direção ao rio. À beira do penhasco, restavam apenas a Bíblia e sua caixa vermelha de chocolates, cada uma debaixo de um cotovelo, e a bebê segura contra o peito com as duas mãos. Ela estacou e deixou cair a caixa e o livro pesado enquanto prendia a criança dentro da roupa; depois pegou de volta as coisas do chão. Precisando de uma mão livre para se equilibrar nas pedras da escarpa durante a descida, jogou fora a Bíblia em vez dos chocolates. Essa revelação de sua indiferença por Deus, Pai de Todas as Criaturas, foi sua perdição. Seis metros acima do rio, ela pisou numa pedra solta e, num piscar de olhos, já estava com a coluna quebrada nas pedras lá embaixo. Não sentia as pernas e não conseguia se mexer. Só conseguiu desatar o nó da blusa e soltar a criança para que ela engatinhasse e seguisse sozinha, ainda que brevemente, até a água. A água subiu e chegou até Gladys, tocando-a parece que por mera gentileza, até erguê-la e tragá-la consigo, e ela se afogou. Um por um, das piscinas de redemoinho e dentre os seixos, a bebê recolheu os chocolates espalhados. Um abeto em chamas de quase vinte e cinco metros caiu no despenhadeiro, com tufos de agulhas verdes inflamadas soltando fumaça feito serpentes pirotécnicas, cujas pontas flamejantes sibilaram ao tocar a água do rio. Gladys passou flutuando por tudo isso, já não debaixo d'água, mas pelo alto, vendo todas as coisas do mundo. O musgo no telhado da casa deles, já retorcido e fumegante. As toras das paredes distendidas e estourando como cartuchos gordos de explosivo. Na mesa junto ao fogão, uma revista enrolada, negra, em chamas, esvoaçou e sumiu página por página, queimando e rodopiando. O vidro da única janela da cabana estilhaçou, as cortinas foram escurecendo a partir da bainha, a parafina derreteu nos lacres dos vidros de tomate, feijão e cerejas canadenses na prateleira acima da tina escaldante de água da cozinha. De repente tudo se acendeu na cabana. Na mesa, um saleiro com tampa de metal explodiu, e então toda a estrutura entrou em ignição como a cabeça de um fósforo.

Gladys tinha visto tudo isso, e fez com que ele também soubesse. Perdera seu futuro para a morte e perdera sua filha para a vida. Kate havia escapado do incêndio.

Escapado? Grainier não entendeu essa notícia. Alguma família rio abaixo teria salvado sua filhinha? "Mas não vejo como isso poderia ter acontecido sem ninguém ficar sabendo. Um desfecho tão estranho e feliz teria sido manchete nos jornais — como na Bíblia, no caso de Moisés."

Ele falava sozinho em voz alta. Mas onde estava Gladys para ouvi-lo? Já não sentia sua presença. A cabana escurecera. A cadela não tremia mais.

7.

Desde então, Grainier passou a ficar na cabana mesmo no inverno. A maioria dos janeiros, quando a neve se tornava bem alta, o vale parecia imóvel em seu perpétuo silêncio, mas na verdade era muitas vezes invadido pelo rumor dos trens e pelos corais dos lobos à distância e, mais de perto, pela louca ladainha dos coiotes. Além de seus próprios uivos, que ele adotara como uma espécie de esporte.

O espírito de sua falecida esposa não lhe aparecera mais. Às vezes ele sonhava com ela, e sonhava também com as altas labaredas que a haviam levado embora. Em geral acordava desse sonho frenético e se via cercado pelo troar da locomotiva da Spokane Internacional subindo o vale no meio da noite.

Mas ele não era apenas um excêntrico solteirão solitário que morava na mata e uivava com os lobos. Por seus próprios meios, Grainier havia chegado a algum lugar. Tinha um negócio no ramo de transportes.

Estava contente por não ter se casado com outra mulher, não que teria sido fácil encontrar outra, mas uma viúva kootenai talvez pudesse se interessar. O fato de haver conseguido ter seu acre e uma casa, em primeiro lugar, ele devia a Gladys. Sentira-se capaz de lidar com as responsabilidades de ter uma parelha e uma carroça porque Gladys estava em seu coração e em seus pensamentos.

As éguas ficavam no estábulo da cidade durante o inverno — duas velhas éguas madeireiras do mesmo feitio e na mesma situação que ele, mas ágeis com a carroça, e mais do que suficientemente fortes. Para pagar por tudo isso, ele trabalhou nas florestas de Washington mais um verão, o último, muito feliz por ser o derradeiro. No início daquela temporada, um tronco solto acertou-lhe o queixo e trincou-lhe a mandíbula, e todo o lado esquerdo de seu rosto nunca mais voltou a ser o mesmo. Doía-lhe mastigar a comida, e isso contou mais do que qualquer outra coisa para que fosse magro a vida inteira. Suas articulações estavam todas estouradas. Se esticasse o braço para trás do modo errado, o ombro direito travava como uma porta de cofre até que alguém a abrisse colocando um pé contra suas costelas e puxando seu braço. "Tem que puxar bastante", ele explicava a quem fosse ajudá-lo, fechando os olhos e penetrando as trevas dos tormentos ósseos, "Mais, mais... mais forte... agora puxa mais, mais forte, mais, é só *puxar*...", até que a cápsula se destravasse com um barulho entre um estouro e um gole em seco. O joelho direito tornava-se cada vez mais bambo; ficou perigoso confiar nele segurando peso do outro lado. "Estou mal demais das juntas para que valha a pena me pagar", disse ao chefe um dia. Deixou aquele serviço, sua única tarefa passou a ser derrubar as choças dos *coolies* e recuperar as melhores tábuas, e depois disso voltou para Bonners Ferry. Estava acabado como madeireiro.

Tomou a Great Northern até Spokane. Com quase quinhentos dólares no bolso, mais do que o suficiente para pagar a parelha e a carroça, hospedou-se num quarto do Riverside Hotel e foi à feira do condado, diversão que durou apenas meia hora, pois a primeira atração que escolheu foi a errada.

No meio do campo, dois homens de Alberta haviam parado com um avião e estavam oferecendo passeios no céu por quatro dólares por passageiro — um preço bastante puxado, e não havia muita gente interessada em cair nessa. Mas Grainier precisava experimentar. O jovem piloto — um garoto, vinte e poucos anos no máximo, loiro, de casaco marrom com botões de metal na frente — mostrou-lhe como colocar os óculos e chamou-o a bordo. "Suba aqui. Coloque algo embaixo do traseiro", disse o menino.

Grainier sentou no banco atrás do piloto. Estava agora a quase dois metros do chão, e só aquilo já parecia ser alto o bastante. As asas dos dois lados daquela coisa pareciam feitas do mais frágil material. Como aquilo podia voar se as asas ficavam paradas? Fazendo seu próprio vento, evidentemente, empurrando ar com sua hélice, a qual o outro sujeito de Alberta, o sisudo pai do rapaz, girou com as mãos, dando a partida.

Grainier só se deu conta de um grande espanto, e em seguida ele estava bem alto no céu, enquanto seu estômago havia ficado em algum outro lugar. Não chegou a acompanhar o resto do corpo. Ele olhou lá do alto para a feira como se estivesse em uma nuvem. A superfície da terra se inclinou e ele perdeu toda a noção de em cima e embaixo. A aeronave se endireitou e iniciou uma vagarosa e turbulenta subida, numa ascensão sinuosa, como uma carroça escalando uma montanha. Exceto pelos ruídos em sua barriga, Grainier achou que podia estar se acostumando com aquilo. Nesse instante, o piloto olhou para trás, parecendo um guaxinim com seu capacete e óculos, berrando e expondo os dentes, e depois se virou outra vez para a frente. O avião começou a mergulhar como um gavião, vertiginosamente, o motor quase mudo, as vísceras de Grainier empurradas contra as costas. Viu o momento em que bebia a salsaparrilha Hood's com a esposa e a filha na pequena cabana em uma noite de verão, depois outra cabana de que ele nunca se lembrara antes, lugares de sua obscura infância, um vasto trigal dourado, o calor tremulando sobre uma estrada, braços em torno dele e uma voz de mulher cantando, e todos os mistérios desta vida foram solucionados. O mundo presente materializou-se diante de seus olhos à medida que o motor rugia e o avião voltava a se endireitar, sobrevoava uma vez a feira e regressava à terra, pousando tão abruptamente que a garganta de Grainier quase saltou da boca.

O jovem piloto ajudou-o a sair. Grainier rolou para um lado e deslizou pelo corpo da fuselagem. Tentou se equilibrar com uma mão na asa, mas a asa em si era instável. Ele perguntou: "O que foi toda aquela maldita gritaria lá em cima?".

"Eu estava lhe dizendo 'Vamos entrar em queda livre!'."

Grainier apertou a mão do sujeito, disse "Muito obrigado" e deixou o campo.

Ficou a tarde inteira sentado na grande varanda da frente do Riverside Hotel até encontrar um pretexto para voltar para o cabo da frigideira do mapa de Idaho — a desculpa foi Eddie Sauer, que ele conhecia desde que eram garotos em Bonners Ferry e que havia acabado de perder todo salário do verão em ambientes dissolutos e dissera que iria voltar a pé para casa de vergonha.

Eddie disse: "Uma prostituta me pegou".

"Pegou! Eu achava que pegar era quando matavam a pessoa!"

"Não, não quer dizer matar nem nada. Eu não morri. Quem me dera ter morrido."

Grainier achou que Eddie e ele deviam ter a mesma idade, mas a vida desregrada pusera alguns anos a mais em Eddie. O bigode branco e os lábios enrugados sobre gengivas provavelmente desdentadas. Grainier pagou as passagens e eles tomaram juntos o trem para Meadow Creek, onde Eddie poderia arranjar serviço.

Depois de um mês trabalhando na ferrovia com o grupo de Meadow Creek, Eddie ofereceu vinte e cinco dólares a Grainier para ele levar Claire Thompson, cujo marido havia morrido no verão anterior, de Noxon, em Montana, até Sandpoint, em Idaho. A própria Claire não pagaria nada. Os motivos de Eddie ajudar a viúva foram facilmente deduzidos, e ele não precisou declará-los. "Vamos pela estrada Duzentos", disse a Grainier, como se existisse outro caminho.

Grainier pegou suas éguas e sua carroça; Eddie iria no Ford T do marido de sua irmã. O cunhado havia tirado o assento traseiro e posto ali um praticável, que precisava ser carregado com muito cuidado para que todo o aparato não desmontasse. Grainier passara de manhã cedo com Eddie por Troy, em Montana, e tomara a direção leste pela estrada do Bull Lake, que os levaria para o sul até Noxon. Grainier deixou que ele seguisse quase um quilômetro na frente, pois suas éguas não gostavam de automóvel e também não pareciam simpatizar com Eddie.

Um alemão baixinho chamado Heinz possuía um posto de gasolina na encosta leste de Troy, mas também tinha alguma coisa contra Eddie e se recusava a lhe vender combustível. Grainier não sabia desse problema até que Eddie veio com o motor roncando atrás dele, tocando sua buzina e quase atropelando as éguas. "Você sabe que essas meninas já viram todo tipo de meio de locomoção", ele disse irritado a Eddie quando estacionaram na margem da estrada poeirenta e ele caminhou até o Ford. "Elas estão acostumadas com tudo, mas não gostam de buzina. Não toque mais essa coisa perto das minhas éguas."

"Você vai precisar voltar com a carroça e comprar dois ou três garrafões de combustível", disse Eddie. "O velho chucrute nem fala comigo."

"O que você fez para ele?"

"Nunca fiz nada! Juro! Ele escolhe algumas pessoas para odiar, e eu estou nessa lista."

O velho também tinha um Ford T parado na frente do posto. Ele havia erguido a tampa do motor e estava com metade do corpo escondida ali dentro, até o pescoço, foi o que pareceu a Grainier, que nunca se interessara muito por essas máquinas de explosão. Grainier perguntou a ele: "Você realmente sabe como isso funciona?".

"Eu sei tudo." Heinz soltava faíscas e fumaça de modo semelhante ao próprio automóvel, e disse: "Eu sou Deus!".

Grainier pensou em como responder. Parecia uma conversa fadada a não seguir adiante.

"Então você deve saber o que eu vou dizer agora."

"Você quer combustível para o seu amigo. Ele é o Diabo em forma de gente. Você acha que eu venderia combustível para o Diabo?"

"Sou eu que vou pagar. Vou precisar de quinze galões, e também de garrafões para levar."

"Então é melhor você me dar cinco dólares."

"Por mim, tudo bem."

"Você é um bom sujeito", disse o alemão. Era um homem bastante miúdo. Arrastou um engradado para subir em cima dele e poder olhar diretamente nos olhos de Grainier. "Certo. Quatro dólares."

"Sorte sua que aquele sujeito odeia você", Grainier disse a Eddie quando parou ao lado do Ford com a gasolina dentro de três latas verde-oliva do Exército.

"Ele me odeia porque a filha dele se prostituía na porta da barbearia em Troy", disse Eddie, "e eu era um dos fregueses mais felizes que ela tinha por lá. Hoje ela é uma mulher de respeito em Seattle", acrescentou, "de modo que não vejo por que tanto rancor."

Eles passaram a noite acampados na mata ao norte de Noxon. Grainier custou a dormir, esticado confortavelmente em sua carroça vazia, até que Eddie chamou sua atenção com a melodia tirolesa da buzina do Ford T. Eddie se banhara no córrego. Era a primeira vez que Grainier o via sem chapéu. O cabelo era desgrenhado, quase todo grisalho, só com um resto de loiro. Havia se barbeado e fizera curativos com creme em diversos cortes. Estava sem colarinho, mas mesmo assim pusera no pescoço uma gravata vermelha e branca que lhe descia até a virilha. A camisa era a mesma velha do Saldo de Descartes e Trocas da Igreja Luterana, mas ele havia lustrado suas botinas feiosas do campo, e a calça preta estava tão engomada que o modo de andar de Eddie parecia afetado. Essa súbita atenção a um aspecto tão longamente negligenciado constituía uma ruptura com o mundo natural, quase como se o próprio Todo-Poderoso houvesse levado um soco na cara, e Eddie sabia muito bem disso. Agia com uma histeria contida, calculada.

"Terrence Naples já teve a chance dele com a Dona Viúva", disse ele a Grainier, parado naquela calça engomada, falando de modo esquisito, mal movendo os lábios para não estragar os curativos de creme no rosto, "mas eu já avisei o Terrence que agora é a minha vez com a dama, senão eu vou chutá-lo para fora do condado em vinte e quatro horas. É verdade, eu precisei ameaçá-lo. Mas não estou brincando. Vou bater nele até o saco dele estourar. Eu sou muito feio para as moças, e ela é minha última chance — a não ser que eu me engrace com uma kootenai, ou mude para Spokane, ou vá chafurdar em Wallace." Wallace, em Idaho, era famosa por seus bordéis e suas prostitutas, que eventualmente podiam acabar virando donas de casa depois de aposentadas. "E eu já conhecia a velha Claire muito antes do Terrence", ele disse. "É, na adolescência tive uma fase religiosa rápida e infeliz, e aos domingos, antes da missa, eu ensinava o catecismo para as crianças, e ela era uma dessas crianças. Pelo menos eu acho que era. Pelo menos eu acho que me lembro dela."

Grainier havia conhecido Claire Thompson quando ela ainda era Claire Shook, alguns anos mais nova que ele na escola de Bonners Ferry. Ela era uma moça muito distinta cuja aparência não havia sido prejudicada pelo peso extra e o cabelo grisalho. Claire havia trabalhado na Europa como enfermeira durante a Grande Guerra. Casara-se muito tarde e enviuvara poucos anos depois. Agora havia vendido a casa e ia alugar outra em Sandpoint, junto à estrada que subia e descia o cabo da frigideira do mapa de Idaho.

A cidade de Noxon fica do lado sul do rio Clark Fork e a casa da viúva ficava no lado norte, portanto eles não tiveram sequer a chance de parar na cidade para beber um refresco, estacionaram diante da casa de Claire, esvaziaram a casa e carregaram a carroça com o máximo de bens materiais que as éguas conseguissem puxar, principalmente pesados baús com cadeados, ferramentas e utensílios de cozinha, empilhando o restante dos pertences dela no Ford T em uma pilha tão alta que um homem só conseguiria alcançar com uma enxada, e por cima de tudo dois colchões e duas crianças, e também um cachorrinho. Quando Grainier se deu conta das crianças, elas estavam muito no alto para que ele distinguisse a idade e o sexo delas. O trabalho foi rápido. Ao meio-dia Claire lhes serviu chá gelado e sanduíches de carne de cervo com queijo, e à uma da tarde já estavam na estrada. A viúva sentou ao lado de Eddie, de braço dado com ele, com um lenço branco enrolado na cabeça e um vestido preto que devia ter comprado um ano antes para o luto, rindo e conversando enquanto seu acompanhante tentava dirigir com a outra mão. Grainier deixou que partissem bem na frente, mas emparelhou com eles várias vezes no alto das longas subidas, quando o automóvel, por causa do esforço, acabava esquentando demais, e Eddie precisava colocar a água dos galões que as crianças — aparentemente dois meninos — iam encher no rio.

A caravana seguia tão devagar que o cachorrinho dos meninos conseguiu pular de seu poleiro no alto da carga para perseguir alguns esquilos e acuá-los em suas tocas. Depois subiu correndo a ribanceira da estrada até um lugar alto e pulou de volta no meio das crianças, sentadas com os braços firmes e os pés soltos na frente, segurando-se nas cordas dos dois lados.

Depois algumas horas de viagem, fizeram uma parada na casa de um vizinho para pegar mais um item, uma espingarda de cano duplo que o marido de Claire Thompson deixara em caução por um empréstimo. Aparentemente Thompson não conseguira saldar a dívida, mas em respeito à sua morte a mulher do vizinho convencera o marido a devolver a velha calibre .12. Isso Grainier ficou sabendo depois de levar as éguas até a beira da estrada, onde elas puderam comer a grama e beber na bica do vizinho.

Embora Grainier estivesse muito perto deles, Eddie escolheu justamente aquele momento para abrir seu coração para a viúva. Ela estava sentada ao lado dele no automóvel, tirando a poeira do lenço de cabeça e limpando o rosto. "Quero dizer", Eddie disse, mas então deve ter sentido que não daria certo. Abriu subitamente a porta e saltou para fora, depressa como se o carro fosse afundar em um pântano, correu para o lado da passageira e sentou-se junto à viúva.

"O falecido senhor Thompson era um bom sujeito", ele disse a ela. Eddie passou um minuto tenso tomando coragem, então recomeçou: "O falecido senhor Thompson era um bom sujeito. Sim".

Claire falou: "Sim?".

"Sim. Todo mundo que o conheceu diz que ele era um excelente sujeito e também um grande... um excelente sujeito, pode-se dizer. É o que todo mundo diz. Todo mundo que o conheceu."

"Bem, e você o conheceu, senhor Sauer?"

"Nunca falei com ele. Não. Uma vez ele me fez uma coisa que não se faz... Mas era um bom sujeito, é o que eu queria dizer."

"Uma coisa que não se faz, senhor Sauer?"

"Ele passou com a carroça por cima do cercado da minha cabra e quebrou o pescoço dela! Ele era um filho de uma puta que preferia roubar a trabalhar, não é mesmo? Mas não é isso que eu queria dizer! Você se casaria com um lenhador?"

"A qual lenhador você se refere?"

Eddie teve trabalho para preparar uma resposta. Nesse ínterim, Claire abriu sua porta e o empurrou de lado, saindo também. Ela virou de costas e ficou olhando atenciosamente para as éguas de Grainier.

Eddie se aproximou de Grainier e lhe disse: "A qual lenhador ela pensa que eu estou me referindo? Este aqui! Eu!".

Grainier só conseguiu dar de ombros, rir, balançar a cabeça.

Eddie ficou parado a menos de um metro atrás da viúva e falou para as costas dela: "Eis aqui o lenhador a que me refiro! Com quem você se casaria! Eu sou esse lenhador!".

Ela se virou, pegou Eddie pelo braço e o levou de volta ao Ford. "Eu não acredito que você seja esse lenhador", ela disse. "Não para mim." Ela já não parecia contrariada.

Quando seguiram viagem, ela foi ao lado de Grainier na carroça. Grainier ficou desesperadamente incomodado, pois não queria ficar perto demais do nariz sensível de uma mulher como Claire Shook, agora Claire Thompson — as roupas dele fediam. Quis se desculpar por isso, mas tampouco conseguiu fazê-lo. A viúva ficou calada. Ele se sentiu impelido a puxar assunto. "Bem", disse.

"Bem o quê?"

"Bem", ele disse, "então você escolheu Eddie."

"Eu não escolhi Eddie nenhum", ela disse.

"Suponho que não", ele disse.

"Em qualquer lugar civilizado, as viúvas não têm muita escolha para casar. Elas já têm muito o que fazer sem marido. Mas aqui na fronteira somos uma espécie de prêmio. Podemos escolher quem quisermos, embora não seja um grande negócio. O problema é que vocês, homens, já estão acabados muito cedo na vida. Você vai se casar de novo?"

"Não", ele disse.

"Não. Você simplesmente não quer mais trabalhar mais duro do que já trabalha agora. Não é?"

"Não quero mesmo."

"Pois então, você nunca mais vai se casar de novo."

"Eu já fui casado", ele disse, sentindo-se quase obrigado a se defender, "e estou muito satisfeito com tudo o que me foi dado." Ele de fato achou que estava se defendendo. Mas por que afinal deveria se sentir assim? Por que aquela dona vinha para cima dele com esse assunto de casamento como se fosse uma grande clava ameaçadora? "Se você está atrás de marido", ele disse, "não consigo pensar em um erro maior do que tentar se envolver comigo."

"Concordo com você", ela disse. Não parecia especialmente feliz ou triste por concordar com ele. "Eu só queria ver se a imagem que você tinha de si mesmo combinava com a que eu tenho de você, só isso, Robert."

"Está bem então."

"Deus precisa tanto do eremita na mata quanto do homem no púlpito. Você nunca pensou nisso?"

"Não acho que eu seja um eremita", respondeu Grainier, mas ao final do dia ele começou a se interrogar se era um eremita. Ser eremita é isso?

Eddie amigou-se com uma kootenai cujo cabelo parecia um esfregão e que, como uma melindrosa do cinema, borrava os lábios pintados de vermelho. Quando Grainier viu pela primeira vez os dois juntos, não conseguiu adivinhar a idade dela, mas tinha a pele morena, encarquilhada. Arranjara, não se sabe onde, óculos hexagonais de lentes azuis muito escuras, atrás das quais seus olhos ficavam invisíveis, e não era certo, de forma alguma, que conseguisse enxergar alguma coisa senão em meio ao mais ofuscante clarão. Devia ser uma pessoa fácil de conviver, pois nunca dizia nada. Mas sempre que Eddie começava a falar, ela se punha a resmungar consigo mesma, suspirava e resfolegava, chegava mesmo a assobiar suavemente qualquer som sem melodia. Se ela fosse branca, Grainier teria achado que se tratava de uma louca.

"Provavelmente ela nem fala a nossa língua", disse em voz alta, e se deu conta de que não havia ninguém ali. Estava inteiramente só em sua cabana na mata, falando sozinho, surpreso ao ouvir a própria voz. Até mesmo sua cachorra havia sumido e não voltara mais naquela noite. Fitou então a luz do fogo oscilante pelas frestas do fogão e a cambiante cortina de pura escuridão à sua volta.

8.

Mesmo em seus últimos anos, quando a artrite e o reumatismo às vezes tornavam simples tarefas diárias quase impossíveis e duas semanas de inverno na cabana o teriam matado, Grainier ainda passava todo verão e todo outono em sua casa isolada na mata.

Agora já não lhe causava espanto aceitar que o vale não iria mais retomar lentamente sua condição de antes do grande incêndio. Embora os sinais de destruição estivessem sumindo, aquele era agora um lugar muito diferente, com plantas diferentes e portanto com animais diferentes. O belo abeto fora extinto. Agora brotavam ali quase exclusivamente pinheiros, que tendiam a crescer mirrados e tortuosos. Ele vinha escutando cada vez menos lobos, e cada vez mais distantes. Os coiotes tornaram-se numerosos, os coelhos cada vez mais escassos. De longos trechos do rio Moyea, por causa do incêndio, a truta havia sumido.

Talvez uma ou duas pessoas se perguntassem o que o atraía àquele local tão ermo, mas Grainier nunca se deu ao trabalho de dizer. A verdade é que ele havia jurado ficar ali, e fizera tal promessa sob o choque de uma coisa que havia acontecido cerca de dez anos depois do incêndio na região.

Aconteceu dois ou três dias depois da morte de Kootenai Bob debaixo do trem, quando sua tribo ainda vasculhava os trilhos em busca de seus pedaços. Nessas três ou quatro tardes frias de outono, o trem da Great Northern soltou uma série de longos apitos ao atravessar Meadow Creek, que só foram sumir bem para o norte, e percorreu lentamente toda a região, com ordens de oferecer à tribo kootenai a oportunidade de recolher tudo o que encontrassem do irmão falecido e assim evitarem futuras desavenças.

Eram meados de novembro, mas ainda não havia nevado. A lua apareceu quase meia-noite e ficou pendurada em cima da Queen Mountain até por volta das dez da manhã. Os dias eram curtos e claros, as noites gélidas e límpidas. E ainda assim foram noites de uma turbulenta histeria.

Nessas noites, o apito do trem despertava os coiotes e depois os lobos. Sua companheira, a cadelinha ruiva, também devia estar lá fora — fazia alguns dias que Grainier não a via. O coral ficou mais forte na noite em que a lua ficou cheia. Mais ensandecido. Mais pungente.

Lobos e coiotes uivaram sem trégua a noite inteira, às centenas, mais do que Grainier jamais ouvira, e talvez também outros animais, corujas, águias — quais exatamente ele não saberia dizer —, mas com certeza todos os animais dotados de uma voz naqueles picos e serras do rio Moyea, como se nada houvesse para consolar aquelas criaturas de Deus. Grainier não ousou dormir, sentindo que aquilo devia ser uma espécie de vasto pronunciamento, talvez mesmo sinais do fim do mundo.

Pôs lenha no fogão e ficou no umbral da porta da cabana, seminu, observando o céu. A noite sem nuvens e a lua branca e ardente, apagando as estrelas, faziam silhuetas cinzentas na montanha. Um bando uivante parecia estar bem perto, e chegando cada vez mais perto, talvez uivando em movimento. E subitamente haviam invadido a clareira e a cercaram, muitas formas e vultos, vozes e gritos, e vários passaram esbarrando nele, tocando-o ali em seu umbral, e ele ouvia suas patas pisando a terra. Antes que sua mente pudesse dizer "Esses lobos estão no meu quintal", eles foram embora. Todos menos um. A menina-lobo.

Grainier achou que fosse desmaiar. Agarrou-se ao batente para não cair. A criatura não se mexia e parecia ferida. Ele ficou logo impressionado com o aspecto geral do que lhe pareceu ser uma pessoa — do sexo feminino —, uma menina. Ela estava deitada de lado, ofegante, uma criatura claramente humana, com a delicada estrutura de uma garotinha, mas curvada, de quatro, concluiu ele, agora que ajustara o foco sobre aquela forma difusa ao luar. Com o arfar dos pulmões, ouvia-se um assobio, um ganido, como o de um filhote assustado.

Grainier virou-se agitado e foi até a mesa em busca de... ele não sabia do quê. Jamais tivera arma de fogo. Talvez um pedaço de lenha para bater na cabeça daquela coisa. Vasculhou na bagunça da mesa, achou os fósforos, acendeu um lampião, encontrou o que lhe serviria de arma e depois saiu novamente de ceroulas, descalço, erguendo a lanterna acima da cabeça e, segurando o pedaço de pau, ficou à espreita, tenso com sua sombra monstruosa, tão grande que enchia toda a clareira atrás de si. A geada se acumulara sobre a grama morta e rangia sob seus pés. Não fosse esse som, ele teria pensado que estava surdo, dada a magnitude do silêncio em redor. Todos os ruídos da noite haviam cessado. Todo o vale parecia refletir seu choque. Ele ouvia apenas os próprios passos e a respiração ofegante e queixosa da menina-lobo.

Os ganidos dela pararam quando ele se aproximou cuidadosamente, a fim de não assustar mais a criatura ou a si mesmo.

A menina-lobo esperou, tomada de um pavor animal, perfeitamente imóvel, mexendo apenas os olhos, seguindo-o a cada movimento, embora jamais cruzando o olhar com o dele, sua respiração se transformando em fumaça diante das narinas.

Os olhos da criança cintilaram esverdeados à luz do lampião, como olhos de lobo. Seu rosto era um rosto de lobo, mas imberbe.

"Kate?", ele disse. "É você?" Pois era ela.

Não que tivesse visto nela algo que comprovasse isso. Ele simplesmente sabia. Aquela era sua filha.

Ela continuou paralisada enquanto ele foi se aproximando. Ele esperava encontrar algum sinal de reconhecimento que comprovasse que era Kate. Mas os olhos dela simplesmente o fitaram neutros de terror, como os olhos de um lobo. Imóveis. Muito imóveis. Era Kate, e já não era Kate. A ex-Kate deitou-se de lado, a perna esquerda estropiada, os ossos esmigalhados e sangrentos aparecendo abaixo do joelho; simplesmente uma criança exaurida de tanto rastejar em três patas arrastando a perna estraçalhada. Algumas vezes ele se perguntara sobre o cabelo da pequena Kate, como ele teria ficado se ela tivesse sobrevivido; mas ela mesma havia arrancado os cabelos até ficar quase careca. Apenas alguns tufos de cabelo haviam crescido.

Ele chegou à distância de um braço. A ex-Kate rosnou, latiu, tentou morder quando o pai se agachou a seu lado, e então seus olhos ficaram vidrados e pareceram se apagar dentro dela, a tal ponto que ele achou que ela tivesse morrido por causa da aproximação dele. Mas ela estava viva e olhava para ele.

"Kate. Kate. O que aconteceu com você?"

Ele depositou o lampião e o pedaço de pau no solo, colocou os braços em torno dela e a ergueu. A respiração dela acelerou, ficou fraca, curta. Ela ganiu uma vez no ouvido dele e tentou morder, não mais do que isso. Ele se virou com ela nos braços e foi até a cabana, deixando a luz do lampião para trás e, portanto, caminhando agora em direção a sua própria sombra monstruosa que abarcava a casa e ia encolhendo magicamente conforme ele se aproximava. Lá dentro, deitou-a em seu estrado no chão. "Vou buscar o lampião", disse. Quando voltou à cabana, ela ainda estava lá. Ele pôs o lampião em cima da mesa, onde conseguia enxergar o que fazia, e se preparou para montar uma tala para a perna quebrada com um pedaço de lenha, cortando a parte de cima de suas ceroulas na altura da cintura, tirando-a pela cabeça e rasgando-a em tiras. Assim que segurou o tornozelo da menina com uma das mãos e pôs a outra mão na coxa para puxar, ela emitiu um suspiro terrível e sua respiração ficou lenta. Havia desmaiado. Ele esticou a perna o mais que pôde e, sabendo que agora podia proceder com mais calma, entalhou um pedaço de lenha que encaixasse na tíbia esfacelada. Arrastou o banco até a beira do catre e sentou, descansando o pé da menina em seu joelho enquanto ajustava a tala e amarrava tudo. "Eu não sou médico", disse a ela. "Eu apenas estava por aqui." Abriu a janela do outro lado para ela tomar ar.

Deitada ali ela dormiu, a vida quase se esvaindo. Ele ficou muito tempo olhando para ela. Sua pele era curtida como a de um velho. As mãos eram curvadas para baixo, as costas das mãos tinham calos grossos e os pés estavam desfigurados, duros e cheios de calombos como nós de madeira. O que ela possuía afinal de tão lupino, de tão animal, mesmo adormecida? Ele não saberia dizer. O rosto não expressava nenhuma vida por trás deles com os olhos assim fechados. Como se a criatura não tivesse pensamento além daquilo que via.

Levou o banco para perto da parede, encostou ali e cochilou. Um trem que passava pelo vale não o despertou, apenas penetrou em seu sonho. Mais tarde, quase raiando o dia, um som muito mais baixo trouxe-o de volta a si. A menina-lobo se mexia. Estava indo embora.

Pulou a janela.

Ele parou em frente à janela e ficou olhando para ela no esplendor da aurora, rastejando e parando para se torcer de lado e morder as amarras de sua perna, como faria qualquer cachorro ou lobo. Ela não conseguia correr muito e tomou o caminho que levava ao rio. Ele pensou em seguir seu rastro e trazê-la de volta, mas nunca fez nada disso.

9.

No calor sem chuvas do verão de 1935, Grainier foi acometido por um surto de desejo sensual muito mais intenso do que jamais experimentara quando jovem. Em meados de agosto parecia que uma seca de seis semanas seguidas iria acabar; grandes massas de nuvens carregadas cobriram toda a região do cabo da frigideira do mapa de Idaho e aprisionaram o calor, enquanto a atmosfera ia se tornando úmida e abafada; mas não chovia. Grainier sentia-se feito de chumbo — grosso e imprestável. E solitário. Fazia anos que sua cadelinha ruiva tinha ido embora, ficara velha e doente e sumira para morrer sozinha na mata, e ele jamais a substituiu. Um belo domingo foi andando até Meadow Creek e tomou o trem para Bonners Ferry. Os passageiros no vagão abriram todas as janelas e quem tinha sorte de sentar ao lado de uma punha o rosto na brisa de chuva. Os muitos que desceram em Bonners se dispersaram calados, feito prisioneiros abatidos. Grainier foi em direção ao terreno da feira, onde alguns sujeitos haviam montado suas barracas no domingo, e onde talvez ele encontrasse um cachorro.

Já na Second Street, a congregação metodista estava em plena cantoria. A cidade de Bonners não produzia nenhum outro som. Grainier ainda ia raras vezes à missa, quando coincidia de estar na cidade. Ali as pessoas eram gentis com ele, lembravam da época em que ele frequentava quase regularmente com Gladys, mas em geral ele se arrependia de ir. Quase sempre chorava na igreja. Morando no vale do rio Moyea com tantas pequenas tarefas para distraí-lo, ele se esquecia de que era um homem triste. Quando começava um hino, ele se lembrava.

Na feira conversou com duas kootenais — uma índia de meia-idade e uma menina já crescida. Estavam vestidas para impressionar, duas feiticeiras mestiças com vestidos franjados de camurça azul e tiaras com penas de corvo, gavião e águia. Tinham um saco de forragem cheio de filhotes com cara de lobo, e também um lince numa gaiola de ramos de salgueiro. Um por um, elas tiraram os filhotes para exibi-los. Um homem que passava falou com elas: "O filho do lobo jamais será cristianizado".

"Por que aquela coisa está pintada de azul?", perguntou Grainier.

"Que coisa?"

"A gaiola onde vocês prenderam esse lince velho."

Uma delas, a menina, tinha muitos traços de branca, sardenta e cabelos cor de areia. Quando ele olhou para aquelas duas mulheres, sentiu um peso por dentro, de saudade e medo.

"É só tinta para ele não morder a gaiola. A tinta deixa o velho lince enjoado", disse a menina. O gato selvagem tinha patas grandes, com tufos que pareciam plumas, como se usasse o mesmo tipo de botas que suas caçadoras. A mais velha estava com a perna numa posição que permitia a Grainier ver sua panturrilha. Ela coçava a perna, deixando longos arranhões brancos na carne.

Tal visão anuviou sua mente e ele só se deu conta disso

quando já estava há quase meio quilômetro da feira, sem cachorro e sem ver nada diante de si, por longos minutos, nada além daqueles arranhões brancos na pele escura. Sabia que algo de ruim havia acontecido dentro dele. Como se seus pensamentos lascivos tivessem explodido o chão debaixo de seus pés, lançando-o dentro do fosso da compulsão sexual universal, ele agora se dava conta de que o Cine Rex da rua principal também lhe havia passado despercebido. O cartaz na fachada consistia em um aviso enorme, impresso pelo jornal da cidade, gritando de volúpia:

Único Dia Quinta 22 de Agosto
O Filme Mais Ousado do Ano
"Pecados de Amor"
Você Nunca Viu Nada Igual!

Veja um Parto
Um Aborto
Uma Transfusão de Sangue
Uma Cirurgia Cesariana Verdadeira
Se Você Desmaia com Facilidade — Não Entre!
Enfermeiras Experientes em Cada Sessão

No Palco — Modelos Ao Vivo Apresentam:
Miss Galveston
Vencedora do Famoso Concurso de Pulcritude
De Galveston, Texas

Proibido Para Menores de 16 Anos

Matinê
Só para Mulheres

Noite
Só para Homens

Ao vivo
Professor Howard Young
Dinâmico Palestrante Especialista em Sexo
Fatos Ousados Revelados

A Verdade sobre o Amor
Simples Fatos sobre Pecados Secretos
Sem Rodeios!

Grainier leu o anúncio várias vezes. Sentiu um nó na garganta e um alvoroço nas vísceras, o qual enviou às pernas um formigamento que, mesmo brando, o fez ter certeza de que a avenida inteira chacoalhava feito uma canoa. Perguntou-se se teria enlouquecido e talvez devesse procurar um alienista.

Pulcritude!

Encontrou seu caminho para a plataforma do trem através de um desnorteante nevoeiro de volúpia. *Pecados de Amor* passaria no dia 22 de agosto, quinta-feira. De pé, no trem em que deixou a cidade, junto à porta do vagão de passageiros, havia um calendário mostrando que ainda era domingo 11 de agosto.

Em casa, na mata, os demônios mais obscenos de sua natureza o assediaram. No sonho Miss Galveston apareceu para ele. Acordou acariciando a si mesmo. Não tinha calendário, mas marcou na própria virilha cada momento até a quinta-feira 22 de agosto. Todos os dias ele entrava, quase de hora em hora, no rio gelado, mas as noites o levavam sempre de volta a Galveston.

A nuvem escura sobre a ferrovia do noroeste, fervilhando como um oceano de ponta-cabeça, bloqueava o sol, a lua e as estrelas. Estava quente e úmido demais para dormir na cabana.

Montou seu catre ao relento e passou as noites deitado nu naquela escuridão impenetrável.

Depois de muitas noites assim, a nuvem se abriu ainda sem chover, o céu clareou e o sol apareceu na manhã de 22 de agosto. Acordou coberto de sereno, gelado até o tutano dos ossos, mas quando se lembrou de que o dia tinha chegado, esse mesmo tutano se aqueceu como querosene e ele corou tanto que seus olhos marejaram e muco lhe escorreu do nariz. Pôs-se a caminhar direto para a estrada, mas logo voltou e passou a esquadrinhar freneticamente seu pedaço de chão. Havia perdido a coragem de aparecer na cidade naquele dia — de aparecer até mesmo na estrada para a cidade, aos olhos de todos, ardendo de volúpia daquele jeito pela Rainha de Galveston, desejando inspirar seu hálito, inalar as emanações do sexo, do pecado e da pulcritude. Aquilo ainda acabaria com ele. Ver aquilo acabaria com ele, e ser visto também! Ali na escuridão do cinema, cheio de vozes de corpos invisíveis discutindo os fatos da vida e os pecados secretos, ele acabaria morrendo, seria arrastado para o Inferno e teria as partes íntimas torturadas eternamente diante do fétido e vil Presidente de toda Pulcritude. Nu, ele hesitava em seu terreno.

Seu desejo devia ser algo completamente estranho à natureza; ele era o tipo de homem capaz de copular com um animal ou — como ouvira dizer tempos atrás — brincar com uma vaca.

Atrás da cabana ele caiu de cara no chão, agarrando-se à grama marrom. Perdeu a consciência deste mundo e só voltou a si quando o sol estava bem em cima da casa e o calor o fez coçar a cabeça. Achou que uma caminhada apaziguaria seu sangue, então se vestiu, foi para a estrada e depois seguiu até Placer Creek, por vários quilômetros, sem parar. Subiu até Deer Ridge, desceu pelo outro lado do desfiladeiro e depois subiu de novo até Canuck Basin, caminhando horas a fio sem descanso, só pensando: Pulcritude! Pulcritude! — Pulcritude que há de me condenar, vou acabar como um cachorro, de quatro em cima de uma carcaça, rolando com ela como um cão faria, vou acabar todo sujo dessa pulcritude. Ah, Galveston, que permite fazerem concurso daquilo! Galveston, que pegou essa meretriz da pulcritude e a transformou em rainha!

Quando o sol se pôs, parou de caminhar. Estava à beira de um penhasco. Havia encontrado um caminho de volta a uma espécie de arena que cercava Spruce Lake, um corpo de água ali conhecido como Lago dos Abetos. Então olhou para baixo, e a centenas de metros lá embaixo estava a superfície do lago, plana, lisa e negra como obsidiana, envolvida pelas sombras dos penhascos circundantes, cercada por duas fileiras de pinheiros e refletindo pinheiros. Mais além, viu as Montanhas Rochosas canadenses ainda iluminadas pelo sol, com seus picos nevados, a quase duzentos quilômetros dali, como se a terra ainda estivesse em plena criação e as montanhas tirassem sua substância das nuvens. Jamais vira paisagem tão grandiosa. As matas que preencheram sua vida eram tão povoadas e tão altas que geralmente o impediam de ver como o mundo era grande, mas naquele exato momento ficou claro que as montanhas eram tantas que cada um poderia ter a sua. A maldição havia passado e o surto de sua volúpia se dispersara, apaziguado, em algum lugar daqueles vales remotos.

Seguiu com cuidado pelas pedras do penhasco, chegando ao lago em plena escuridão, e ali mesmo dormiu, enrolado num cobertor que fizera com ramos de abeto, sobre um leito de abeto, exausto e confortável. Naquela noite ele perderia a exibição de pulcritude no Rex e jamais ficaria sabendo se havia sido salvo ou privado de alguma coisa.

Grainier ficou em casa durante as duas semanas seguintes,

depois voltou à cidade e por fim comprou um cachorro, um macho grande, puxador de trenó do extremo norte, que foi seu amigo por muitos anos.

O próprio Grainier viveu mais de oitenta anos, avançando bastante na década de 1960. Em sua vida, viajou para o oeste, até alguns quilômetros do Pacífico, embora nunca tivesse visto o mar propriamente, e para o leste, chegando até a cidade de Libby, sessenta e poucos quilômetros estado de Montana adentro. Tivera uma amante — sua esposa, Gladys —, um acre de terra, duas éguas e uma carroça. Jamais se embriagara. Jamais comprara arma de fogo ou falara ao telefone. Viajara regularmente de trem, muitas vezes de automóvel e uma vez de avião. Durante a última década de sua vida assistia televisão sempre que ia à cidade. Não fazia ideia de quem teriam sido seus pais, e não deixou para trás nenhum herdeiro.

Quase todo mundo naquelas paragens conhecia Robert Grainier, mas quando ele morreu dormindo, em novembro de 1968, permaneceu morto em sua cabana o resto do outono e o inverno inteiro, sem que ninguém desse por sua falta. Dois campistas encontraram o corpo na primavera. No dia seguinte, os dois regressaram com um médico, que escreveu um certificado de óbito, e, revezando-se com uma pá que encontraram encostada na cabana, os três cavaram uma sepultura no terreno, e ali jaz Robert Grainier.

No dia em que comprou o cão de trenó em Bonners Ferry, Grainier passou a noite na casa do dr. Sims, o veterinário, cuja esposa tinha alguns inquilinos. O médico estava com ingressos para o espetáculo do Cine Rex daquela noite, uma demonstração de talentos do Maravilhoso Theodore, O Cavalo, pois havia examinado o astro — isto é, o cavalo, Theodore — na qualidade de veterinário. As fezes de Theodore estavam sanguinolentas, dissera o vaqueiro que era seu dono. Era um mau sinal. "Melhor você pegar esse ingresso e ir lá se maravilhar com as maravilhas dele logo", o veterinário disse a Grainier, passando os bilhetes ao hóspede, "pois, em seis meses, maravilha será se ele não tiver virado ração de cachorro e mucilagem".

Naquela noite Grainier sentou-se no Cine Rex já às escuras, em meio a uma multidão de homens muito parecidos com ele — sua gente, o povo duro das montanhas do noroeste, a maioria mais impressionados com a fantasia brilhante e os laços ilusionistas do dono de Theodore do que com Theodore, que mostrava saber somar e subtrair batendo no palco com os cascos, parava nas pernas de trás, rolava e fazia outras coisas que qualquer um deles poderia ter treinado um cavalo para fazer.

O espetáculo do cavalo-maravilha naquela noite de 1935 trazia também um menino-lobo. Ele usava uma máscara peluda e uma roupa que parecia de pelos, mas que na verdade era de alguma outra coisa. Brilhante na luz elétrica, azul e prateado, o menino-lobo pulava e saltitava pelo palco de uma forma que deixava os espectadores na dúvida se era para rir.

Eles estavam prontos para rir e provar que não haviam sido enganados. Já tinham visto o Menino Magnético e o Garoto Pedrês, o Professor de Loucuras e os malabaristas que batiam na cabeça um do outro com pinos que não eram de fato de madeira, e dado muita risada deles. Deram dinheiro a pregadores que haviam elevado seus corações e que mais tarde apareceram rolando de bêbados na aldeia kootenai, fornicando com as índias. Naquela noite, diante do espetáculo daquele simulacro de monstro, eles a princípio ficaram em silêncio. Então alguns fizeram comentários que pareciam perguntas, e um homem no escuro grasnou feito um ganso, e as pessoas se permitiram rir do menino-lobo.

Mas logo todos se calaram de repente e ao mesmo tempo, quando o menino parou no centro do palco, braços esticados na altura dos ombros, se enrijeceu e começou a tremer com um impressionante dinamismo interior. Ninguém ali jamais vira alguém ficar tão imóvel e, ao mesmo tempo, se movimentar de modo tão estranho. Ele inclinou o corpo para trás, bem para trás mesmo, até que sua cabeça encostasse na coluna, e abriu a garganta. Um som se ergueu sobre a plateia como um sopro vindo dos quatro cantos do auditório, grave e aterrorizante, vibrando desde o chão por baixo do piso, e se transformou em um rugido que era sugado no ato mesmo de ser ouvido, e que se aglutinou numa voz que penetrava nos seios da face e por fim na própria mente dos ouvintes e se tornava cada vez mais aguda, cada vez mais bela e terrível, o ideal originário de todos os sons já produzidos, da buzina de neblina e da buzina dos navios, do apito solitário da locomotiva, do canto de ópera e da música das flautas e do gemido contínuo das gaitas de foles. E de repente tudo ficou negro. E aquele tempo desapareceu para sempre.

ESTA OBRA FOI COMPOSTA PELO GRUPO DE CRIAÇÃO EM ELECTRA E
IMPRESSA PELA GRÁFICA BARTIRA EM OFSETE SOBRE PAPEL PÓLEN BOLD
DA SUZANO PAPEL E CELULOSE PARA A EDITORA SCHWARCZ
EM ABRIL DE 2012